柯璜诗文集

陈巨锁敬题

柯璜／著
柯善文 崔卫道／编订

山西出版传媒集团
三晋出版社

出版说明

柯璜先生，浙江黄岩（今属台州路桥）人，因其书斋名叫绿天斋，又自号绿天野人。1877年生，一生投身书画艺术，半世生活在山西，为民国时期著名书画家。先生在山西时期，有感于社会动荡、道德退化，大倡儒家思想，成立宗圣学会，创刊《宗圣汇志》，于山西民治贡献甚巨。日军侵占沈阳，先生愤而撰写《九一八告日本君臣士民书》；之后，又撰《一·二八告全国同胞书》，揭露日军亡华企图，号召国人团结抗日。因此，世人不仅以先生为书画家，且视之为大儒、为爱国者。其时，与先生交往者，率为国内名流，如政界之孔祥熙、阎锡山，艺术界之齐白石、赵铁山，文化界之章士钊、常赞春，等等。1963年先生逝世，享年87岁。先生著述甚多，而出版者甚少。1994年，三晋文化研究会为整理出版《柯璜选集》，先生著作之全豹，始得为今人所识。当下，文化复兴，书画大热，书画界、知识界咸知有柯老其人，而鲜能得见其著作。因得其家人协助，稍事整理，重新出版先生诗文集，以广其传，以惠艺林。谨以说明。

三晋出版社

2013年7月

黃巖柯定礎夫子肖像
受業馮綸敬題

徐悲鴻畫石刻人像

畫家徐悲鴻一八九五年生於江蘇宜興一九五三年殁於北京

徐公繪予中外畫界人人景仰 柯璜拜題

璜

董必武序

定础先生大鉴：去夏以来，迭荷宠光，惠函并便面论文诗歌等，捧读之余，感奋不可言状。函中屡嘱免复，弟遵命都未裁答，仅于晤宋任穷、程子健诸同志时，问候兴居。先生不责我之不恭而宽宥之，何其爱之厚而情之周也。去年接读大作《题屈原画像》时，曾口占一绝云："多艰一念悯民生，志洁行芳太史评。二千二百卅年祭，犹见柯璜画屈平。"当时以俚句未敢献丑，继念此亦表示个人情感，工拙可以不计，故仍录陈左右，希指正为幸。《卫生观》一册系先生自述养生心得，以亲身之体验，作劝世之箴规，实具善心，弥见宏愿，弟特别欣赏。

先生法书草体浑灏流转，穷极笔势，已领教多次。此次系小行书，殊惹人注目。

先生年近八旬，写如许小字，端庄流利，秀骨天成，有暇展玩，辄复称快。

先生精力弥满，于此可以想见。溽暑烦人，山峡中较平地尤甚，老人虽保健得法，仍盼随时加意调护。弟冬寒易感冒，客冬幸免，今春稍觉头有时痛如闪电，尚无大碍。暑期拟易地休假，知注特闻专此。

敬候文安不一！

弟董必武　一九五六年七月十一日

李玉明序

柯璜先生以书、画、诗享誉三晋，尤以人品为时人所称道。先生大名，自我五十年代初以一领粗布衫满脸乡土气从山沟步入太原古城的那个时候起便已如雷贯耳了。惜乎彼时我等青年多是“心有宏志，胸无点墨”，我曾对着柯璜老人的书、画杰作沉沉地读看赏玩，懵懵然不十分懂或十分不懂，我说不来艺术是什么，但亦领悟到它是奥秘与灵性的荟萃，犹如梅花，不经苦寒是不会有它的香、它的美的。后来随着文化水准的提高和兴趣阅历的广泛，慢慢地能够从先生的大作中咀嚼评品出一缕缕神韵来，于是崇信有加，敬中生爱，也曾设想结识柯璜老人，但又因着年龄资历学识的轻薄自惭卑微而不敢攀识。良机错过，无缘相交，不知不觉间柯老竟悄然作古已成隔世之人，那时年轻气盛的我而今亦已年逾花甲垂垂老矣！此情此意悔憾正用得着唐代诗人白居易的一句名诗来表述：“天长地久有时尽，此恨绵绵无绝期。”

星移斗转，日交月替，我对柯璜老人久存的仰慕之情终于有了一个寄托的机会：一九九四年元月中旬的一天，忽然有位北京客人带着一封信来找我，函称李老雪峰因病住协和医院，感叹人生易老，老来却又病魔侵扰，心中放不下那惚惚悠悠的往事，因让翟英同志给我写信，介绍柯璜老人的女婿崔卫道同志将柯老部分文存交由三晋文化研究会，考虑整理、出版。我和本会联系学术部工作的副秘书长高培湖共同批阅文稿，提出了一些意见，作了若干修改，以《柯璜诗文集》为名的这部书便大功告竣而只待付梓出版了。

这部书稿收集了柯老文存中的大部分佳作。文中所言事物虽不局限在三晋域内，却也绝非与山西全然无涉。柯老字定础，浙江黄岩人。清末自京师大学堂（今北京大学和北京师范大学的前身）毕业后应聘来晋，历任山西大学教授、山西省图书博物馆馆长、山西省政协常委、山西省美协筹委会主席，以及全国政协第二、三届委员。一九六三年辞世后遗体安葬在太原龙山公墓。柯老虽非晋人，但在娘子关内先后度过了三十余个春秋，自称山西是其第二故乡。他曾在太原举办山西天足会和拒毒会，反对缠足、吸毒，且创办了三晋中学、尚志学校等，兴学育人，多所建树。在当时的历史条件下，他将自己的智慧、才能、精力、心力奉献于三晋大地，予社会以较大影响，成为山西现代史上的一位代表人物，我们编辑出版他的遗著留给山西人民是有意义的。

柯老秉性耿直，虽是江南水乡人，却具燕赵侠义风，豪爽豁达，尚仁崇信，爱国爱民，向往大同。他在抗日战争前发表的文章，大多为弘扬中华民族传统文化之作，抗战时期的著述、演讲、绘画等则意在激发国人的奋斗、抗争、获胜之精神。他与老一辈无产阶级革命家交谊甚厚，曾出面埋葬烈士遗骨，掩护中国共产党的地下工作者。“九一八”事变后，先生手书文天祥《正气歌》四页屏，激励民族精神和爱国主义思想，勒石存放于山西省博物馆内，成为珍贵文物。一九三八年黄河决口，他举办个人画展，赈济灾民，时人赠诗云：“一纸应同老郑虔，饥民施惠万万千。”中华人民共和国建立后，他以诗、文、书、画热情讴歌新中国的新气象，为人民政权的诞生而摇旗呐喊。先生工诗好文，能书善画，堪称三晋艺术家群落里的佼佼者。他以唯物主义的观点弘扬孔学之精萃，革故鼎新，古为今用。他喜养松柏花草，朝夕与花木藤草长相厮守，怡神养性，陶冶情操，写生作画，著文吟诗。他曾和白石老人齐璜合作画扇，柯老戏题“二璜唱双簧”，一书一画，相得益彰。其所绘古柏苍劲挺拔，生机盎然，被故总理周恩来选作国家礼品赠印度尼西亚总统苏加诺阁下。对于先生的书画艺术，郭沫若老曾有“足下书画，苍劲古朴，别具风格”之评语赞赏之。柯老以其生命历程中的多一半从事博物研究和教学，知识渊博，治学严谨，著作甚丰。他的许多文章即便今日读来，亦令人耳目一新，多所启迪，获益匪浅。

本书选萃取精，诗文并茂，分为《神州国光集》、《华夏吐气集》、《绿天斋文存》、《绿天斋诗歌》诸集，力图体现柯老的思想主旨。在编辑过程中多所疑难，幸得学界诸公戮力同心释疑解难，使书稿编纂工作得以完成，是为至幸！谨此特向柯善文、刘永德、崔卫道等竭尽心力为本书做了许多有益有效工作的先生们表示衷心谢意。

是为序。

一九九四年四月于晋阳

二〇一三年元月修改于北京

作者简介

李玉明：山西省人大常委会原副主任，三晋文化研究会会长，主编过《山西古建筑通览》、《山西民间艺术》、《当代中国的山西》、《三晋文化研究丛书》等多部著作，为弘扬山西传统文化做出巨大贡献。

《柯璜诗文集》内容简介

《柯璜诗文集》是从柯定础先生生平著述中选出的一部分精心杰作。他不仅是一位工诗能文善书画的著名教育家、艺术家、爱国诗人，而且是以积极弘扬儒家鼻祖孔子学说思想为中心的一位文史哲皆通的唯物主义的科学家。谨将选集的主要内容，分别简介如下：

一、《神州国光集》　战国时代的邹衍，称中国曰“赤县神州”，后世称中国曰“神州”。所谓“神州国光”，即中华民族传统文化，是以儒家孔子学说为中心；因孔子祖述尧舜，宪章文武，为万世师表；炎黄子孙，历代弘扬，实为中国文化之伟大光芒。

柯老一生崇仰孔子学说，他主张“己欲立而立人，己欲达而达人”；热爱祖国，向往大同。所以《国光集》开宗明义，将一九六二年他在全国政协会议上发表《孔子于科学文化上的贡献》的书面发言，编为卷首，说孔子是中国历史上伟大的思想家、教育家和政治家，同时更是一位卓有贡献的科学家。

我们阅读全文，了解到柯老研读孔子学说的全面，他根据《四书》和《五经》所载，说孔子不但是一位教育家，而且是一位伦理学家、史学家、政治家、经济家、法律家、军事家、心理学家、艺术家、博物家、音乐家、卫生家、美学家。总之孔子一生对己“学而不厌”，知识渊博；对人“诲人不倦”，是万世师表，千古一人的伟大人物。

本集十五篇，时空跨度整五十年。从1912年柯老写的《宗圣社会序》到1924年写的《孔教十年大事序》和《孔教预言》及《孔子学说的伟大与我们纪念孔子的意义》，直到1962年在全国政协大会书面的发言《孔子于科学文化上的贡献》，可以看出柯老以宏博的科学的认识，坚定不移地宣扬孔子学说。特别是他在《孔教预言》所说的儒学在国际上的传播路线和褒贬事件发生的时间竟准确地在世界上发生了。据2008年1月统计，全世界有孔子学院123所。2004年初，75位诺贝尔奖得主在巴黎集会，发表宣言说：“人类要在21世纪生存下去，就要从2500年前的孔子那里去吸取智慧。”这与《孔教预言》中所说“自今后一百年世界学者多问道于孔经”何其相似。只是时间提早了一二十年。《孔教预言》和《孔子于科学文化上的贡献》是柯璜对祖国传统文化，特别是对儒学精髓的深刻认识，竟能穿越时空，跨越疆域，这是一个大儒的真知灼见，也是一位哲人深邃缜密的思索。

二、《华夏吐气集》　华夏为中国之古称。所谓“冕服采章曰华，大国曰夏”。李白《上韩荆州书》云：“可惜阶前盈尺之地，不使白扬眉吐气，激昂青云耶！”柯老认为日倭小岛，侵略中华大国，恍如巨狮酣睡，暂时受屈遭辱，一旦睡狮猛醒，终必转败为胜，扬眉吐气。一九三一年“九·一八”事变，日寇猖狂自大，突然侵占沈阳，继而纵兵东北三省，柯老拍案而起，执笔《“九·一八”告日本书》，致书日本君臣及全国军民，劝其及早悬崖勒马，停止进兵，否则激起中华全民义愤，抗日救国，骄兵必败，哀者必胜，日寇终必自取灭亡。

但是，日本上下，贪得无厌，置若罔闻。竟又于一九三二年，制造“一·二八”事件妄图鲸吞中国锦绣河山。柯老乃借报纸发表《告全国同胞精诚团结一致抗日救国书》，同时挥毫书写文天祥《正气歌》，并自己出资刻石四页屏，朱拓九百份，分赠文武官员及各界知名人士，激发抗日救国意志，牺牲奋斗，争取胜利。又手书《河山老人收复失地预言书》，对如何恢复失地，作战略方面的建议。迄至一九四五年八月十五日，日本战败投降。足见柯老高瞻远瞩，早有预见，中国人民在国际上，扬眉吐气，达到了独立自由的目的。

三、《绿天斋文存》　事实证明，柯老不仅是闻名全国的书画家，而且是文以载道，弘扬正气的文学家。他一生挥笔书写的文章，不可胜计；兹于留存文稿中，筛选出代表作三十一篇。首为《在“六三”拒毒大会上的宣言》。

柯老热爱祖国，热爱人民，对兴国强民之道，非常拥护。对帝国主义侵略我国家，暗害我民族的毒计，非常痛恨。自清末鸦片战争开始，帝国主义者输入烟毒，残害我中华民族，意图亡我国家，灭我民族，对此柯老非常愤怒。首先组建山西拒毒会，自任会长，每逢“六三”拒毒纪念日，召开群众纪念大会，宣传烟毒危害，禁除烟毒。其于一九三五年，乙亥“六三”拒毒大会上散发手拟宣言，题为《我国百年来毒物之祸害》。首先提出“六三”纪念，是缅怀民族英雄林则徐，具有抵御列强的大无畏精神，焚毁英商鸦片二百余万斤，同时宣告全国人民禁除烟毒，共同起来，戮力奋斗，振作精神，御侮自强。

接着对我国千余年来流传下来的摧残妇女身体的缠小

足陋俗，必须革故鼎新，动员社会各界以及女界同胞，积极人士，组建天足促进会，柯老执笔起草宣言，以《缠足是女界无人道之悲惨》，拥护政府法令，铲除封建社会流传下来的妇女缠足极不文明的残酷恶俗。确是解放“半边天”的革命盛举。吾人今日阅读宣言全文，是万分钦佩的。

柯老的人生观，广大精微，治学渊博；但总以“自强不息，数厚德载物”为基础。并以重视教育，赞扬学术，促进人类社会迈向文明为主旨。文存中如作《芝兰对语序》弘扬宇宙间动植矿物学的精神，做了积极的赞许。作《日月峥嵘序》，对人类男女两性伦理文明的规范，做了合情合理的倡导。对黄炎培所编《成功百诀》写弁言，赞为教育人类争取成功胜利的指南。作《山西大学同学录序》，望师生互勉，共同合作为人民服务，促进国家建设，跻于国际富强之林。对《蜀中艺专应养成“诚正、勤朴、清洁、高逸”八字校风》勖励师生团结，共同实践校训，庶可永为做人治学振兴民族建设国家大业的指针。

四、《绿天斋诗歌》　共收入124首诗词，时间跨度从二十世纪二十年代到五十年代，长达38年。按时序划分，在1937年至1957年期间，也是柯老60岁至80岁阶段，是他诗歌创作的旺盛期，尤以抗日战争时期最多。1937年日机轰炸太原，在防空洞内，柯璜书七古长诗《告三岛士民歌》，可以看做是《九一八告日本书》的诗歌化的续篇。在简述了中日历史渊源及近百年日本侵华史后，诗中写道："卢沟沪海又首祸，得寸进尺益陆梁；相亲本欲依唇齿，兄弟何至常越墙；我昔告尔曲直主客是非利害诸大义，心血万斛发为仁至义尽之文章，同洲同种同文应互助，竟昧语重忘心长，中华民族今奋起，弄潮拨浪除不祥……"诗人最后警告日本侵略者："尔不闻苻坚金亮下江南，俄帝德皇勤远路，穷途末路无异于自戕。"

在"七·七事变"前后，柯老将其所见所闻写了《寇人》、《空城》、《农家》、《吴妇》、《富人》、《老弱》、《伤兵》、《积尸》等八首诗，每一首诗即是一幅日寇罪行图，即是一篇滴血的控诉。这里还必须提到另一首七古长诗《豕人骑狮预言歌》，《预言歌》序曰："东大陆一狮，伏于昆仑之下，有豕如人突过其旁，以狮酣睡，跨其脊，作侮慢戏。狮大震怒，蓦然奔跃，豕人紧拉其须，欲下不能，声嘶力竭，见者为之彷徨，作歌记其事。"全诗40句，280字，预言豕初虽猖狂，终必败亡的结局，现仅截取部分诗句于此："……豕人狮背起彷徨，惴惴其形丧家狗，欲下难下奈狮何，遍呼将伯空开口；声嘶力竭果何为，心胆欲碎瘦又饥；……从此发心敛野心，他年何敢再肆虐；……愿尔备尝艰阻千万辛，日将沉，云漠漠，放尔遗骸大荒落。”笔者以为，《预言歌》是柯老运用其书画家所特有的形象思维而创作的极具典型意义的诗篇，应为素有“诗书画三绝”之誉的柯老的一首独特的代表作。《预言歌》是诗人现实主义与浪漫主义相结合而迸发出的一束多彩火花，是一首漫画的诗，是一幅诗的漫画。

他如《题画屈原像》诗，赞叹爱国诗圣，悲天悯人，热爱祖国，以身殉国的大无畏精神，流芳千古。又《歌颂三八妇女节游行》，主张男女平等，中华妇女，获得解放，所谓“半边天”智仁勇精神，空前高涨，是值得歌颂的。《诔马相伯先生》，赞其“笑谈惊龙蛇，慈祥比鸾鹭”，是桃李遍神州的师表。《祝董必武先生七旬寿辞》四首，其中一首云：“神州早说天下公，多少人民愿望中；马列东来一旗鼓，东方大地满天红。”深入浅出，道出热爱祖国而向往大同的心声。但是中华建国经济基础，首在农村，柯老作诗《赞美农村》，咏歌农民的辛苦和勤劳，农家的幸福和快乐，真实细微，是难能可贵的。在《图画山水》一诗中赞美祖国大好河山。同时提出综合利用我国丰富的矿产和水利资源，保护历史文物，发展旅游的建议。柯老高瞻远瞩，拳拳爱国之心跃然纸上。

柯老是艺参造化的画家，他以博物学的观点作画题诗，赞美苍松之抗冬寒，红梅之迎春乐，秋菊之傲霜骨，冬竹之戴雪舞，实为人生哲学的师范。

综上所述，要为诗文集内容的简介，挂一漏万，自问难免。尚请阅读原文沿流探源，自可亲睹堂奥。

一九九四年四月刘永德谨识于晋阳剑琴庐

二〇一二年十月王世昶崔卫道补充修改于北京

目　录

华夏吐气集

绿天斋文存

绿天斋诗歌

七古

五古

五绝

神州国光集

宗圣社会序

于无何有之乡，真空之际，忽发现一星云气。于星云气中，忽游离一微尘野马之游星，曰地球。微乎小矣。于地球生命至促之太古，古生，中生，新生，近世诸时代，暂占有史界之须臾，瞬焉逝矣。于有史界之无机体有机体之有生界，二十七万现存动物种类，于灵长人类，偶现一有血气有知觉，有感情有运动，有理性之身心之我，偶乎幸哉。然则以至偶之身，寄至暂之时，于至微之乡，荣耶辱耶，是耶非耶，真耶伪耶，善耶恶耶，贤耶不肖耶。相去得失，固几何耶。呱呱而生，熙熙而乐，嬉嬉而游，泯泯以尽，有感辄动，有欲思逞，脑质幻像，任所之焉。与软者棘者，飞者动者，游者爬者，蠕蠕蠢蠢，无心识生活于天演界，转待于无，谁云非耶。果何损于小己之主观，何有于超绝之义务耶。乃何以事有不适心象。悖逆公理，苟非大愚不灵，大脑缺陷，动机一发，未有不战战懔懔，惭悚悲苦，汗血周散。空山无人，晨钟初晓，天宇奇宽，不容七尺，恍兮惚兮，孰监督是，孰制裁是，此森严彰著之象胡为哉。又何以一念慈祥，道路三代，牧童樵夫，唏嘘赞叹。巨蠹神奸，遥遥隔代，亦知徘徊瞻拜，望尘弗及，肃然动容，何惠何德，谁招谁告，不知不觉，触发胸臆，隐现出没，不容已者，又胡为哉。儒所谓理者，天者，一者，元者，无极者，本中之本者耶，所谓直觉之帝者，主者，绝对有意志者。道所谓真宰者，玄之又玄者。释所谓真如者，不可思议者，非耶，此非发育我，范围我，生生不已我者耶。夫以至暂至微至偶之生命之我，只此所感觉之色声香味寒温硬软之若有情、若无情之空间、时间，忍听内界得失、利害、爱憎、恐怖、惭愧、愤怒之心理生理，影响变化刺激奋兴，冲动递演。时与一圆灵活泼，明镜止水之神经精神界相终始。以大背乎道德律者，大背乎世界原始之基本性，使同时爱我知我者，无端费无数之议论讥评怜惜憎恐希冀爱望，与后我生者以嬉笑怒骂于文字语言，为骨化形枯之姓氏，留私恨几何年，悲欤苦也，果何自待之刻且苟，不一觉悟耶。况有时人类尚不能摹仿候鸟节足诸物之善群。门户耶，派别耶，意气耶，种族耶，相击相搏相猜相忌，或散而聚，或合而离。至演成最亲血缘之小数种族类相团结，风雨飘摇，岌岌几无以自存，嗒然默坐，哑然笑矣。然百年梦梦，未能觉悟，更何可自质耶。伦理原理原则，谓人生大幸福，即内外两界之平和。宗教预言，谓地上天国，即人类之大同，颜子陋巷晏如，大舜天下敝屣，禹稷耕稼，孟轲仁义，程朱性理，所见微矣。孔子云："朝闻道夕死可矣。"又曰，"当仁不让于师"，又云，"笃信好学善道守死"，极至"忠恕"一语，"蜡宾"一叹，推己及人，终于人己尽泯，而又不溢出乎人间世范围，至矣止矣，勿可及矣，立人道之极矣乎。佛学视生物为一体，或邻于泛。理科穷元素之微茫，或近乎琐。法家分事理之纤细，或近乎察。神道证灵魂之不灭，或入于虚。然得孔子这道为之枢纽，推行尽利，皆足以辅成发展中和位育效用。而调节自然界之平均，万派支流宗于海，恒行旋转拱乎辰，皓皓洙流，岩岩泰岱。乐天乎，悲天乎，出世乎，入世乎，唯心乎，唯物乎，两手戴发，含生吐气，其谁归耶？其谁归耶？所尊于德性如此，所道于文学如此，今东亚共和初建，两载以来，天下汹汹，半陷怀疑，真理晦冥，群言杂羼。泛泛乎如失舵之舟，茫无际涯矣。晋中智者，悲而悯之，邀余发起宗圣，将以悬人道悠久之鹄的，正教化纯粹之统系，使其一时人类秩序，原子变化，动于不规则而失所依向者，折衷而尊信之，复归于正而定焉。予乐是举，先获我心，足以消灭人类忍愤含欲之动机，而克养仁恕寅畏之性天，东陆和平可酿，世界大同景象可进也。因述畴昔所觉于自然界之自然律，及心理学之心理性，笔而出之为序，质夫世之有心研乎政教对象人类归宿者。

民国元年壬子作

序林魁腾先生《大中华山东省地理志》

《大中华山东省地理志》，乃孔子教化精神所结聚。吾师林子生徒讲学精神所根据也。昔南海康氏，倡大同新教，继而西林岑氏，开孔教会于两粤，高要陈氏亦集会于纽约，于沪上。后数年，乃有全国大成节山东曲阜大会之举，而吾国之关心政治学术宗教种族国际者，乃恍然于立国大经大本在此不在彼。少年竞新者，仍或视若无睹，泄泄沓沓。乐为逐末之政教，而年来大乱之起伏循环，亦未之少息，悲乎痛哉。万国和会，青岛一役，使者以孔林圣地为言，大动友邦之听。日本之未入青岛也，德方议筹开孔教学校，并月刊《孔志》，流行海宇。日既克德，其军民谒拜孔林者，不绝于道。今春日庭提议，将还庚子赔款，建设曲阜大学。前年彼国命大学诸生与祭两丁，遣文学博士，赴美讲洙泗之学，复以文部省大臣长孔圣会。其国之用心如何，固不得而知，然吾国之圣地圣教，邻国何以念兹在兹，其故亦可深长思矣。卫博士中者，美之哲学家也。言必称孔子，学必道中庸。每告人曰，中国者，孔夫子之中国也。由是以观，非我族类，凡有血气，亦隐告我以当务之急矣。夫君主时代重帝都，共和时代重圣地，学者苟能留心齐鲁，低徊阙里，庶几知本之一视乎。今三岛方谓孔子之道，沦于中国，而昌于彼国，又谓中国之于圣贤大道，不过口头之欺饰，论虽近苛然，岂无因哉？当追随林师谒阙里，拜圣林，拜邹峄，道经泰岱，其长松古柏，怪奇苍秀，断碣摩崖，参差峭立，苍茫俯仰，悠然于山川间气，何以钟毓斯人，栖皇民物。二千年来经世之儒，卒未能稍越范围，向往发愤之怀，犹勃然不可遏。林师乃亟成《山东》一志，可以知其用心矣。吾国人民加意修齐治平者，手置一篇，日夕流连。亦地圣人之地，志圣人之志，应益憬然于祖国之民性文字历史学术所导源，而鲁邦一草一木，皆吾国先民精神所寄，则林师之作此志，其情可大慰于天下也。

公元一九一二年岁壬子仲冬

谨序于山西宗圣会教育博物图书馆

《大中华山西省地理志》序

一九一二年民国元年大成节，前四日，吾师闽候林先生来晋，次洗心社。搜纂《大中华山西省地理志》，阅若干来复书成，授璜读之，命为序。其中位置、沿革、山川、物产、政治、学术，载之甚详。诚今者之宝书，何敢有所复赞。其于历代贤哲钓游之地，残山胜水，犹津津乐道，多载顾氏亭林及近世地理家所未及，以是知先生之用心远，警觉当世者深矣。在昔项羽、刘渊、李密之徒，草泽崛起，善战自雄，平生攻取战胜，传檄日下数十城为己有。及其衰也，身败名裂，莽莽神州，转少容身之地。秦汉而还，统一海内，成帝业，传子孙，专制往往数百载，有土有人，如此其久，然今览其故宫陵寝，荒烟野蔓，破瓦颓垣，牧童樵叟，歌吟其上，又孰知其为何代何帝何王之姓氏。河山大地，终古悠悠，何有于彼，何有于彼哉？夫尧舜禹汤，生长晋地，平阳蒲坂，鸣条安邑旧址，迄今历历犹存，宜矣。孔子至晋，临河而返，圣迹当依稀仿佛无存焉者，然而夫子岭、圣人山、孔子岩、孔子洞、孔村、孔峪、孔家坡，类如此者，几遍太行龙门，普天之下，一丘一壑，不归之于至圣，似不足以表其尊崇爱慕，盖好恶是非，无贤不肖文野，直道依然之道也。古之君子，隐居求志，含菽温絮。环堵萧然，而俯仰晏如，岂真有所矫哉！欧美之于圣彼得堡，华盛顿，哥伦布诸城，至其地者，凭吊唏嘘，莫不留不尽高深，中国之孔林，岳丘，以及历代贤哲故居旧里，西人浏览，亦未尝不摩挲礼器，下拜荒祠，至诚所格，万古长春，东海西海，好恶岂有异同耶？他山罔知所返，而齐州旧物视以等闲，甚至赧然不敢尊道，读此编，应亦恍然。抑又有言者，此编大都晋地已往陈迹，今是邦执政，与民更始，兴学术，明政刑，孜孜惟日不足，行以健而贞以恒，他日地道改观，数十年数千百年后，游其间者，见某城某处，曰某先生讲学之乡；某都某邑，曰某先生洗心之地；某邑某山某水某村某郭，皆某代某时某某先生继某先生讲学洗心于其间。果是，然则中国区区目前之厄运，转瞬皆成往事，春秋大一统，升平太平之世，与时递进，物阜民康，品类繁昌，鹅湖鹿洞，龙场胜地，又将普遍于海内，其时舆志续纪，必大有以补今先生之未逮，实亦先生来游此邦之微意而怦怦深望者欤！

《孔教十年大事》序

大圣人生人文首出之邦，修道为教，继天立极，集三古之大成，综百代之群制，经纬众家，帡幪万类，四通六辟，大而政教，小而日用行习。得其道则泰则治，失其道则否则乱。圣人为亘古世界人群人道一大事而出，纵时而异说横流来相震荡，立教精神岂损毫末。然其道之一明一晦、一通一塞、一平一陂，实演而为世之一兴一衰、一合一分、一治一乱，往而复复，周而复始。自古迄今，运会所以有升降，也当其既晦、既塞、既陂、既衰、既分、既乱，不亟为之明，以转于兴为之通，以统于合为之平以归于治。民彝之丧，民情之纵，民竞之烈，民智之杂。蕴酿益久，如水益深，如火益热，及其一发，而天下之夫妇、老幼、死亡、饥饿、兵燹，随时势颠连痛苦，而群相茫然，知其故者，不忧患彷徨补压逼。今则合欧非美澳五洲，黄白棕黑四种，以异俗异能异文字相压逼、相喧夺矣。孔教之艰厄危疑已百倍于前代，后之弘道敷教专心毅力亦应百倍于前贤。《春秋》所谓“太平”，《礼运》所谓“大同”，或庶几乎？豪杰之兴庶有乎？尔今海内邮电交驰，争重国教。当国有司，申令崇圣，耆宿、隐流、骚人、词客讲学立言咏歌圣德，成书年以数十计，可谓盛矣。既而思之，吾全国小学校之读四子一来复果有一小时乎？全国公私大学以百数，果有设群经专门之一校或一校设经学一专科乎？大中小诸学校礼堂如故也，而开学散学大成节行揖圣者，十果有三四乎？通国通外国语言文字者日加多也，而译群经，输送异邦，操外语，传道他国，千百中果有几人乎？世界惟日本已列四子于文科，外此无闻也。译成十三经之数经，惟英、德、法三国，外此无闻也。藏汉文群经及汉文诸子百家于图书馆惟日、英、法、德、美五国，外此无闻也。文庙之建，惟东亚数国千数百处，他洲惟华侨十数处，外此无闻也。然则，子思所谓“天之所覆，地之所载，日月所照，霜露所坠，莫不尊亲”，今以往或百年或五百年或千年，茫茫后顾皆未可知。璜既从海内诸君子讲求尼山礼教，自壬子至辛酉见闻所及采其百之一二，分为论议、史案、诗歌、演说、记载、书电六编共八卷，颜曰《孔教十年大事》。以为后来阐扬圣教之一助，后之人果利用剞劂之便、邮传之速、互市之通，挟其肫肫渊渊浩浩之大化，以形上驭形下，礼让息争竞，文化格武功，六书矫蟹，文人治统神权，万流汇海，众星拱极，十六亿圆颅方趾别声辨色之流，咸晓然于华夏圣德大中至正。而群艺、群才、群学、群教自并行并育覆帱于荡荡中。如鱼相忘于江湖，同轨同文同伦之盛，如旭日东升遍临大地，虽后之视此八卷为无足重轻之陈迹。十年中全国之哓音瘏口皆黯然，为无病之呻吟，而人类从此臻大同。孔教从此真大一统矣。不然则是孔子救世之心终未安，编中诸子明道翼教之志终未酬，有心修齐平治者，其见是编与未见是编，其责能一日卸耶？

至圣二千四百七十五年岁次甲子大成节

黄岩柯璜序于太原宗圣会

（公元一九二四年，民国十三年）

孔教预言

自今后孔教传布路线分为三，一沿西伯利亚之铁道发展，一由太平洋东渡，一由英法德三京起点。自今后三十年世界当有数种宗教家立说批评孔子，自今后五十年世界哲学家当质疑于孔子，自今后八十年世界当有学者著书批评孔子。自今后一百年四子书必译十五国以上文字，自今后一百年世界学者多问道于孔经，自今后百二十年世界政治家必折衷于孔子，自今后百五十年孔门卫道翼教之弟子当大降生于欧美，自今后百五十年文庙制度当渐遍世界，自今后二百年孔教必普及于全球，自今后三百年世界神道宗教皆将向孔子人道取法而归宿之，自今后三百年亚洲以外之圣哲应有议入文庙配享者，自今后六百年孔经之文字盛行于全球。

甲子冬黄岩柯璜识

（草书拓片刊于《孔教十年大事》首卷内）

《国民古诗必读》序

神州开国最古，气候咸宜，线带适中，而土地腴沃，万物得以自然发育，故人民之风俗、志气、心思、文字、道德泱泱大风，弘毅之精神，恢伟之梗概，自有可以巍然于大地上。试读先民慷慨悲歌，心声所露，可以见其堂堂正正而雄且杰矣。文人吟咏，虽有时写鸟兽虫鱼之态，风云月露之景，然寓意高远，比兴无邪，实含容无限卫国保民沉挚之情，世俗浅见者，往往遣其宏深寄托，转而味其典博，艳丽，工雅悲伤之句。而好事词家，又为之扬其波，瞑瞒于声色中。而曲得情状，渐成风气，以为名士骚人韵事，兴观群怨之意亡。诗之弊生，诗之用亦几乎熄矣。百余年来东西重译，物质后进之民族，斗丽兢靡，使我祖国之优者形其劣，彼国之粗者眩其精，野以胜文，末以夸本，国人亦间有以为或者中国民族教化气质遗传使然。于是自疑自怨，谓我生不辰，不先不后，逢此衰老病国，坐待陆沉，而先人有用旧物，都暗投于破箧故纸，束手瞠目，以听人之宰割。悲夫，悲夫，夫形而下者谓之器，形下之器，计其时日，可以学而尽。尽形下之学，无形上之道统摄其间，如无定飞絮浮萍，飘泊于空中水面。一转移间，将适为人利用，谋过者，不可不深长忧虑也。丙辰岁，先兄濂希游晋，一夕与璜及邱君才驹痛谈国事，及近时所以积弱之因，补救当以何道。且预言数年后，东陆趋势，祸机触发，有不可以忍言者。低徊数夕，寝不甘寐，先兄乃发笈历数来复，自孔子至阳明王氏，得诗百余首，付梓邮传，以质远近，甄录各篇，皆古之有心人为国倾吐其缠绵磅礴，其气壮，其辞显，其义正，读之未有不勃然而兴者。今忽忽又越十有七载，吾国之民心若何？民气若何？邻人之侵略剪图又若何？数年来祸患所经，什九皆为先兄料及，且有出于当时未及料者。炎黄华胄，长此伈伈俔俔，俯首听人宰割，以至于尽耶？古今中外民族被人蹂躏，几于灭亡，或灭亡长久，吞声饮恨似无可以恢复；一二仁人志士，毅然兴起，义愤之伸，声气所感，顽廉懦立，国运顿复以兴。况今吾国无男女贵贱贤愚，奋发日新，如睡狮大醒。阴霾必散，犹云无道以发皇民性，巩固国基，其信然耶。间尝一诵此诸篇，心性不觉怦然为之动，忍而不能自已。衰钝如璜，开卷尚能神智激发，况青年之英秀者哉。从此人人果家有其书，日诵数过，翻刻授受，如传火传灯，转瞬间，其必有一种不可思议大无畏神勇流行通国，效用之神，岂尚能以言语形容耶！关怀国事，到处有人，群起呼号，责无旁贷，若夫大地各国，振兴政教，自古每于庠序军旅传布以悲愤雄壮诗歌，酝酿发扬其蹈属无前之气，树其风声。赵序言之已详，不复赘。

甲戌春识于并州夫子庙之右室

《论语》“微子去之，箕子为之奴，比干谏而死，孔子曰：‘殷有三仁焉。’”一章经义

（在山西道德学社讲述）

今日标题为《微子去之》一章，盖“仁”字是儒者最

大的学说。孔子一生始终阐发皆为“仁”字。盖仁之极即义之尽，即情之至。人道也便是天道，齐鲁两论反反复复，无非证明此“仁”字。《微子》一章证“仁”字微言大义，尤精深广大，几乎古今中外历史行仁人物，无大无小包括无遗。且与欧洲近世发明的美善派学说如出一辙。乃知孔子论仁之真之远，见此章言仁的兑现，言仁的大处，何以故人人有仁，人人未有不知仁之为贵者，人人未有不知安仁利仁之说者。惟表显其仁之最确证据，最悲壮最可怜，最令人低徊惆怅激动同情，勃发天良悠久不能已者，莫显乎做出“去”与“奴”与“死”三种仁。古今的历史戏剧，舍此三仁，无以成历史戏剧，古今的诗歌小说，舍此三仁，无以成诗歌小说，古今的乡村闾里社会，舍此三仁，无以成乡村闾里社会，便为冷性之乡村闾里，便为槁木死灰之社会民众，谁显热情？谁表同情？谁生感情？真道德将寄托于何处？真血性将流露于何处？真事业将潜伏于何处？

先以比干死的仁论。中国的关壮缪、岳武穆、文信国、杨淑山、方正学一流，外国如苏格拉底、耶稣诸先哲教主，死不必因谏成仁，死则一，死皆为求仁，皆是安仁。一死所以谏当时，且所以谏后世。故克震耀兴奋当时的人心，且至千百世后如生者，皆当年的十字架、断头台、炮烙刑场中，甘受唾面、割舌、斩首、剥皮、截肠、粉身碎骨，血液飞天，肝脑涂地的人，所以无古今中外男女老少贤不肖，莫不敬畏服从，如严父师相继而起，蹈仁不之悔，惟恐不得其所者，此等悲壮仁人，即乾坤的正气，民族的精神，其心至苦，其事固真难能可贵。

至微子之去，何以又为仁，事到不可为，不得为，不忍为，不必为，一去而了。似无仁术仁心之可言，然细观古来如释迦之出家，老子之过关，屈原之行吟，建文顺治之失踪匿迹，果成佛乎去乎？登仙乎去乎？溺汨罗乎去乎？为僧乎去乎？以及佯狂避世为尼为道，为渔为樵，逃空虚者，都有非去不足以全仁，不去不足以求仁。然则古今隐逸一流，其用心远大高深孤愤恻怛如微子者，实大有其人，实大可以见其仁。

若夫箕子之为奴，似乎降志，似乎辱身，世所称奴隶、所称亡国奴皆奴也，皆鄙之贱之称也。仁于何有，岂知箕子之奴。奴更苦，心更委曲，求仁更妙。勾践的唯命臣妾，韩信的慷慨胯下，豫让的漆身吞炭等奴也，皆是奴的化身。奴或为异日复仇，奴或为后世传道，奴或为当时苍生，故一代大乱，或一时异族相并吞。皆有无量数仁人隐忍低首下心为之奴。甘地之不合作，德国之任认赔款，朝鲜之刺客时起于奴仆，皆箕子的代表。箕子封朝鲜后，迄清季三千余年，始终未与中国合并，不为中国同化。国民性之坚苦特殊，忍耐卓绝，世界古今历史鲜有。目前朝鲜民族暂认日韩合并，暂作亡国奴隶，实在遗传其祖先箕子的忍耐。大陆国的国民性，岛国人的近视政治观，安能窥见万一？如此看来，箕子一派之仁，真为难能的守雌，便是难忍的作拙，非仁而何？

世界民族其有受异族侵略、强权压迫，不于死求仁，便当作去的全仁。不作去的全仁，便可为奴以蹈仁，果人人真知有三种仁，人人真知有死与去与奴三条大路，实人人无不可做到微子、箕子、比干，无人不可以救民族衰亡。无论如何弱小的民族，或已被为人占领的民族，窃以为十人中只要有一人真知三仁的作法，或百人中千人中只要有一人真知三仁的作法，即公开向国际请求各侵略主义者来均割，来瓜分，来殖民。再三再四，吾知稍有远见的当国人，必当拱手而谢，谦让之未遑，谁愿伏异时之祸患，吞炸弹于喉咽呢？综上三仁，关系人道，关系国家民族存亡强弱，荣辱如此其重。孔子特提微子、箕子、比干三人，正告世界万古人类，孔子如泣如诉委曲拯救生灵颠苦之深仁低徊纸上，可于言外见，可于意中得。

且孔子平日无时不以三仁为心，故仁之熟，言之乃切。欲居九夷，欲乘桴浮海，既叹作者七人，又羡入河、入海、适蔡、适齐，几于微子之去也。尝为委吏，尝为乘田，公山欲往，佛肸欲往，卫灵可事，南子可见，事苟可为，无乎不可。一箕子之善为奴也，勇士不忘丧其元，志士不忘在沟壑，有杀身以成仁，无求生以害仁，挟其首领，周流列国，几死者数，一比干的不怕死也。孔子一人兼可去可奴可死三仁，孔子之仁，孔子之所以大，所以为千万世之救主，当此人类争战恐怖之世界，人人当不可不知孔子言仁之方之大可用以救世平天下，大可以渡过此危险时期。

附录：景梅九先生扩充
“殷有三仁”章讲义

（录《出路》月刊）

道德学社柯定础先生讲殷有三仁焉一章，足以激扬中国最进之人心，其意以比干谏而死为抵抗主义，微子去之，与箕子为之奴，为不抵抗的抵抗。因谓后世岳武穆文文山似比干，老子、伍员似微子，勾践、韩信及近世印度圣雄甘地似箕子。又举宗教，佛出家为微子，耶稣钉十字架为比干，余以应加回教默罕默德为牧羊奴为箕子。若以民族论，则犹太人亡国散而之四方，密谋复国者，都是微子一派。朝鲜亡国，在日人压迫下，密谋革命者，都是箕子一派。波兰越南亡国时，抵抗强权，为祖国流血烈士，都是比干一派。最近菲律宾独立，三十年前菲人逐出西班牙人，旋被美国以武力侵凌，当时独立，首领亚银那多以抗西之精神抗美，至于战败被捕，与因抗西之先觉诗人，为西所杀，皆视比干无愧色。尚有两志士虽屈服于美军，一为奎松，曾出国宣传菲岛独立之必要，一为奥斯敏那，在国内密谋独立自治，居然是微箕的化身。我中国目前最需要者为比干一派，即不顾生命誓与敌人决一死战。宁为玉碎，不为瓦全。以沙场埋骨，马革裹尸，为人生极乐事。未到亡国灭种，此志不容少懈。设或不幸踏印波越等亡国覆辙。先学微子，例如太王避狄，以土地畀敌，出国另谋生存，百姓从而去者，皆视为同志。予尝疑施耐庵，叙宋江水泊英雄，而名曰“水浒传”，水浒二字，似无着落，因思诗云“古公亶父，来朝走马，率西水浒，至于岐下”四句。合之孟子所记“太王避狄去之踰梁山，至于岐山之下居焉”数语，乃悟作者实有种族之痛，乃解“踰梁山”及“太王”名辞，以避狄之太王目水泊群雄，昔人所云三十六人皆有为而逃者也。因作者乃元末明初之人，希望避元英雄，秘结团体，以谋复兴祖国，非奖盗也。金人瑞批《水浒》，乃妄参私意，裁改原书，以噩梦作结，抹杀一百零八人的避地自理的精神，即不明微子去之之道理也。次学箕子之坚忍，当然以圣雄甘地为近型，观圣雄不抵抗主义，外面似甘心为强国之奴仆，而实际却是一种极有力的消极抵抗。所以他说定要把印度的奴隶根源除掉。(即以印人学英文为耻，主张固有梵文，此可愧杀中国主持拉丁化者，当另为文论之)使印度人完全得到自由。其消极抵抗方法，第一是不用英国货，但用一辆纺车，指导印度纺线织布，自织自穿，一切英国的绸缎布匹便不能上印度人的人身了。当他的主义宣扬到全印，得到许多有力人的扶助。最初有些富豪贵族，捐给他千百万的巨款，他便用以购买孟买城所有的英货，一火焚尽。印度诗人泰戈尔曾写信质问甘地，说他此举无异白白毁焚了印人资财。

甘地答曰“非此不足以标示印人和英货绝缘的决心”。果然从此以后，英货在印度就推销不动了。英人自不能不为之屈服。于是印人的独立自治的精神，才大为发扬。世界各国皆以圣雄目甘地，不敢以亡国奴对他了。中国人也提倡国货，排斥外资，但未闻有甘地那种魄力伟大、精神饱满的中心人物。所以效验也不见得显著。一句话，救世没有箕子为奴的坚忍力所致啊。

昔人训仁字曰“仁者人也”。谓如三子者，始不愧为人。用新语释之，便是才够个人格。予以为尚未足发挥本章三仁的“仁”字分量。孔子曰，仁者必有勇。比干之仁，有勇之仁也，故能谏而死。(最近续范亭同志谋自杀以纠正当局阻止爱国运动之举，亦算比干死谏）可谓是一种大无畏的精神。又按仁与任同声韵，曾子曰“士不可以不宏毅，任重而道远。仁以为己任，不亦重乎，死而后已，不亦远乎”。“微子去之”不是以一逃了事，乃负有存宗祀复祖国的大任于肩上者也，所以殷亡微子获封于宋，以延成汤之宗脉于不坠，至宋襄公列于五霸。以仁义著，虽较迂阔，尚为不违反祖训，箕子为之奴，也不仅以佯狂屈身，自保其生命为满足，实负含垢忍辱密谋兴复故国的大责任于肩上者也。柯君曰："朝鲜之刺客，时起于奴仆，皆箕子的代表。箕子封朝鲜后，迄清季三千余年，始终未与中国合并，不为中国同化（可云半同化），国民性之坚苦特殊，忍耐卓绝，世界古今历史鲜有。目前朝鲜民族暂认日韩合并，暂作亡国奴隶，实在是远法其祖先箕子的忍耐，大陆的国民性，岛国人的近视政治观，安能窥其万一。"得之矣，然则比干勇于谏死，微子毅然去国，箕子忍辱为奴，皆仁以为己任。各发挥其对国家对种族对社会的大责任。而永为万世中国人民前修规范者也。如此讲法似易领会。柯君后复曰："三仁关系国家民族存亡强弱，如此真实，孔子特提出正告世界万古人类，其一种如泣如诉，拯救生灵之深仁低徊纸上，可于言外见，可于意中得。且孔子平日无时不以三仁为心，故仁之熟，言之乃切。其欲居九夷，欲乘桴浮于海，既赞作者七人，又羡乐师之入河、入海、适蔡、适齐，几于微子之去也。尝为委使，尝为乘田，公山欲往，佛肸欲往，卫灵可事，南子可见，事苟可为，无乎不可。一箕子为奴也，勇士不忘丧其元，志士不忘在沟壑，有杀身以成仁，无求生以害仁，挟其首领，周流列国，几死者数，一比干之不怕死也。孔子一人兼可去可奴可死三仁，孔子之仁，孔子之所以大，所以为千万世之救主，当此人类争战恐怖之世界，人人当不可不知孔子言仁之方之大可用以救世平天下，大可以渡过此危险时期。”尤为透辟醒豁，真是目前麻痹国人的当头棒喝。但觉其于微子之去，未举太王避狄重耳出亡犹太人散而之四方，密谋恢复故土的大精神为证。（秦始皇时，荆轲行刺而死，为此比干；徐福求仙而去，为微子；赵高屈身秦庭，谋倾二世复赵仇，是为箕子。）未免美中不足，故特补足而仍兼披露其精言，以避掠美之诮云尔。然尚觉有未尽之意，俟再详补。

昔人云：“慷慨赴死易，从容就义难。”似乎谓比干较易于微、箕，因死难乃光明磊落之举动。而逃匿则近于怯懦无能。且往往为甘心事虏、专意避祸之一流人所藉口。明末如金之俊洪承畴，皆屈身虏廷，为满洲画策，论者有谓金定“十不从”之约言。洪设驻防军之计谋，亦隐寓复汉灭满之意在内，当原其心而略其迹，殆以箕子比拟，余以不但金洪非箕子之伦，即黄梨洲作《明夷待访录》，显然自比于箕子，亦不免受有识者之驳弹也。考当时不死不奴而能去者，以朱舜水入倭乞师为最著，其次如顾炎武之流亡西北，王余佑之归隐五公，傅青主之终老黄冠，王船山穷居著述，皆能呕心血于遗文，以昭示后人，而播传革命种子于国人心田，其坚强不屈之志与死难者正相等。与李雯、吴梅村等立身一败、万事瓦裂、空余愧悔者大异，此《红楼梦》作者所由置晴雯、袭人于《副册》，奴则奴矣，奈非箕子何。若夫目下之郑孝胥、殷汝耕诸奴，更卑卑不足道也已，故特提出以为藉口古贤自便私图者戒。

(附记) 按“三仁”之名，似名副其实，比干有比尔干立尔戈，以与敌决死战之意，故能死。微子有隐微逃匿之意，孔子微服而过宋，感触于宋为微子后，而有此奇迹乎，箕子有箕帚事人之意，如供酒扫役之奴仆矣。此虽戏论，亦呈奇观，因附记之。

《中庸》“郊社之礼，所以事上帝也；宗庙之礼，所以祀乎其先也。明乎郊社之礼、禘尝之义，治国其如示诸掌乎！”经义

（在山西道德学社讲述）

这几来复来，听到常子襄先生讲审礼。冯骏三先生证大成节日期，刘耀藜先生述人群古今道德与学说。因忆到上丁日赵次陇先生论祭祀的必要。狄观沧先生规定本社社章，每来复拜敬孔子，每年致祭孔子，不觉感从中来。今日敢提出此题与诸先生作深刻的讨论。此节圣经微言大义，实关系人类安危远大的问题。现在世界人类与中国民族有两大问题，亟应解决者，即人类应否承认敬信上帝问题与我黄族应否通行祭祀与不祭祀问题。似不可以寻常科学眼光，普通政治知识来解决。

上帝非倡自宗教，宗教家不过顺全民之情，综合而昭事之。祭祀非倡自政府，政府不过体全民之意，表率而隆重之。细读此节圣经，知事帝、祀先贤，古今中西维系一

般社会人心的通礼。欧洲自摩西倡教演而至罗马、希腊、犹太、土耳其的各宗教，不问其宗天、宗主、宗上帝，皆心目中认为全能的一大力、无尚的一大神，所以普遍支配万物，与中国到处乡村的拜天地，奉十方万灵真宰无以异。《十三经》所见上帝四十余处，与《新、旧约》《可兰经》所称上帝真神，亦无以异。中国达孝达礼，以春秋荐时食于祖庙。上丁释奠菜于先哲，郊社祀上帝于天坛，与各宗教大略相同。人本乎祖，物本乎天，孝子享亲，仁人享帝。由一本散之万殊，由万殊拱于一本。此心此理，人类无不如是，必如是，心乃安，不如是，心便不安，便失所宗主。人人有心，人人可以体验。

上帝是上天之宰，无声无嗅，过去圣贤之形相，亦非科学之显微镜、望远镜所能见，解剖实验化分所能析。但人人心中，不论谁也有一聪明正直的真宰，谁也可以寻出上帝真神的认识。恻隐的心，不忍人的心，皆仁的见端，便是帝天的分子。不是神经有变态的缺陷，未有不秉赋此心，未有稍暗昧此心，便是得帝天之原子分子。亦可说分帝天的生生不已的原动力，造物所以滋生万物，生生无尽，都是这一点根本生机。上帝所以为世崇拜，便是这一点天人的感通。圣贤所以为世崇拜，便是所得恻隐心、不忍人心的完全，故圣贤过去，圣贤的言行尚在。上帝何言，得天厚的圣贤，替上帝立言，上帝如在。这样子看来，崇拜上帝于古圣贤与祖先，凡有人类，终不可已。无论多大的聪明，多大的能力，多大的学问智识，一到危险时、冤屈时、苦痛极时，便叫天呼天，或大声唤起天理良心，天良的公道正义来救他。是不是天人的相通，活泼的证据呢？是不是宇宙主宰的一分子，发现出来求援于大本营呢？

西谚云：妇女信仰心厚者，家之宝。吾谓：国人信仰心富者，国之福。信仰帝天，信仰圣贤，信仰道德，信仰祖先的对象不一，信仰的浓淡，可以断其人得天的厚薄。诸先生试闭目澄心一考验上所举的实例确证，真是毫厘不能爽。

欧人自康德、达尔文诸人出，而精科学、研哲学者，敬畏上帝之心理，乃始有差，渐而波及青年学者，科学势力扩大，上帝权威减少，终久而影响到平民的社会了。

中国自改革后，有以祭祀非世界通礼，袁氏首先停止天坛祭祀。十五年，教育部通令停止春秋上戊文武庙祀，夫人类进化固有宜于古不宜于今的，有应沿于今亦有宜革于今的，易牛车以汽艇，代铁道于土衢。此等实用事物，谁也不得不承认，至于祭祀宗教，是又一问题。欧洲自上帝信仰衰薄以来，人心渐臻恐慌，杀机日益流行，人身自神经系至感觉各系，以及身外的海陆空空间，无一寸一时是干净土是安乐窝。

中国自停止郊天祭丁后，民生国际险象益觉环生。仔细推测，固有他原因。然平情而论，究竟是人心失去了信仰重心，动摇了道德标准，亦一重要的原动力，有这原动力，不能不生出结果来。即以欧西诸国论，如巴黎、伦敦各大都市，警察侦探经费，已超过教育经费几倍。中国年来警察、监狱、司法诸费，亦年益增加。综合全世界这等经费，又不知几千倍于牧师神父的薪水，不知几万倍于祭祀典礼牺牲的经费。而飞机场、兵营房、弹药库，又不知占多少倍于教堂、文庙、武庙的地盘。

且现在人类种种科学式、进化式的欺骗与谋杀，攘夺与侵占，层出无穷，光天化日、大庭广众之中有多少侦探，多少律师，多少武装军人、战舰、飞机，到底是护无可护，防不胜防。老老实实想起来，还不如用十目去视他，十手去指他。屋漏衾影处叫他个个自己去监察他，想到他，想到这里。此节圣经真耐人玩味。

吾人非不信仰科学，崇拜文明，不是生今反古，故意去开倒车。惟现在科学所得，问之世界人类，是否已离开袒裼裸裎之风，是否已洗涤濮上桑间之俗。约纵连横，依然战国，拜金血铁。许多跐徒好大喜功，遍地秦皇汉武，象床玉箸，多少王恺石崇，所谓文明者不过夜以继日的汽灯电影，照耀街衢。以兽食人的氯气炮光，璀璨战垒，奢侈品充满通都，冶容物遍布街头。多少学者还要尽量向性恶学说去发挥，这种气象，究竟是文明呢，武明呢？进化呢，退化呢？细读此节圣经，知用意真实，实在深远，根据上面各种理由，归纳起来，要解决现在人类和平，现在世界非敬信帝天，实行祭祀不可。盖以天与法与道与神与人是一的，非二的。祀与祭与教与刑与兵亦是一的，非二的。信祭祀的儒者固当信上帝，以助自治。事上帝的宗教，亦当事祭祀。以隆大本。守法律、重教育、尚实验的政治科学诸家，亦当敬信上帝，崇尚祭祀。酝酿全民高浑仁厚心地，于宇宙酿太和，为国家培元气，为世界泯强弱、色别、大小的互相残忍，璜对于此节圣经见解如是，对此时人类希望如是，诸先生幸有以教之。

孔子学说的伟大与我们纪念孔子的意义

（在太原市先师孔子纪念大会讲述）

中华民族过去五千年来的历史人物，为全世界所公认，试问孔子以外，还有谁呢？再说一句，孔子便是中国四万万人的结晶，历四千余年长时期，只降生继天立极绝无仅有的一个大成至圣先师，这个大成至圣的名称，不加在他人，要推到老夫子身上，那一定不是侥幸的，一定有得到古今中外崇拜的原因，说到这里，一部二十四史十三经，果从何说起？只有归纳起来分作三点：大略一说，就是第一有功于中国民族的过去；第二适合于人类生活的现在；第三当推行于世界的未来。

何以说孔子学说有功于中国的过去呢？试看看世界的历史，无论埃及也好，巴比伦也好，犹太、印度、希腊、罗马也好，都没有继续文明到四五千年的。此因各国文明学说，不是走极端，便是走偏锋；不是尚武力，便是尚艺术。孔子乃集成群圣学说，对人是忠恕的，对己是诚正的，对上是恭敬的，对下是慈惠的。对民是保养的，对外是怀柔的，对事是中庸的。这样子的学说，孕育繁衍，演成全民族先天的遗传，与后天的习惯，不识不知，受其熔冶陶铸，成了东大陆国民的静远宏深气度；故历代强硬的势力，蛮野的手段，自然侵蚀不进，即有时侵蚀进来，不过短时期的扰乱和分裂，转眼便潜消了，便统一和平了。此因为谁也不能在孔子学说势力领导下，能够昌盛繁殖其无道德行为缘故。中国的政治教化，多是遵守孔子学说的，都是暗合孔子学说的，他老夫子的学说，是得多数人心得。同然，即有少数人相反他的学说，自然转瞬便消失反对力了。此种情势，我们把着中国二千年来的历史看看，就可以知道过去二千余年的中国民族，多受着孔子学说高明的好处，都受着孔子学说纯正的好处，转一方面来看，世界各国的争言论自由，出版信教自由，至于废奴隶制，消封建争，流了多少血，掷了多少头颅，所得这些的代价。我中国无形以孔子渊浩广大的学说，休休有容，并行并育，默化潜移于天空海阔中，这都是见得孔子学说有功过去中国民族的实在显例。

何以说适合于人类生活的现在呢？现在人类不是讲自治，便是讲自卫，不是讲爱群爱种，便是讲为政为邦。吾人只要细读一读《中庸》《大学》《论》《孟》这几本老祖宗留下的古老书，无一句不是政治、伦理、社会、教育、公法诸学的哲学最高原理。仔细咀嚼咀嚼，真是如吃大米小米饭，白菜青豆黄瓜一样，是人人实实在在生生世世吃不厌的。最有一种极奇怪的事情，无论中外识字与不识字的男女贵贱老少，大多的才能技艺，他的行为只要合着孔子学说，未有不于己于人到底不受福利的。只要背了孔子的学说，未有不于己于人到底不吃大亏的。有多少人犯了罪过，或到了穷途末路，他还不知究竟是违背了孔子哪一章节哪一句学说。他如果稍研究孔子一点学说，暗合了孔子一点学说，决不受些太冤枉的大苦痛。孔子学说，真是家家人人的老布衣家常便饭。别的锦绣珍味可以不穿不吃，这家常受用的上品国货，实不能够一时一刻离开的。

何以说孔子学说当推行于未来的全世界呢？就《礼运》“大道之行”以下孔子几句话，分析起来，全世界即用全力，好好干上五百年或千年，恐未必一一做到妙处自然处，“天下为公”一句，即是春秋大一统，近今学者所谓“破除国界，泯种色”的学说，男有室，女有归，是男女的真平权，纯粹的一夫一妻制，即各个独立的真谛。不独亲其亲，不独子其子，便是老安少怀推到极点处。即大同世的重要信条。货恶其弃于地也，不必藏于己；力恶其不出于身也，不为己。即何休注《春秋》“天之所生”，非一家之有；社会学说中所谓“天产国有，天产公有”等名词，谋闭不兴，盗窃乱贼不作，犹《春秋》谓：人人有士君子之行，是太平世的休风。别的不要讲，只要这几句学说，细想一想，充其量岂近数百年能好好做到么？平心而论，现在世界的形势，事实上尚正在中国的春秋与战国据乱世的争战会盟局面。一般社会，只做到孔子学说中，“子不语怪力乱神”的四字，“子罕言利”的一字，海陆空无一处干净土，无一处不是危险地，不是杀人场，人类肉体的苦痛，形神的恐慌，真是到了没有法子解决的时候。现在全世界稍有远见的政治家和学问道德慈善家，欲为未来人群深远谋虑，不得不想起来研究东方文化，解剖孔子学说，现在哪一国都有汉文图书馆，哪一国的著名大学，都有汉学的讲座。多少西方名流，如罗素、杜威等有名学者正集中注意着，愿与东方文化握握手、东方哲学结结婚，总想生产出精神与物质、刚烈与柔和化合物的第三个文明。谁也知道专崇奉达尔文、斯宾塞、卢梭、牛顿诸家学说，救济不了未来人类的悲剧，所以近来都要请孔子学说出西洋，现在孔子学说正周游欧美列国，栖栖皇皇的时候，正为欧美各邦的贤士大夫诸名流，刮着多双青眼，敬仰欢迎的时候。再俟了数年数十年，西方的人必将孔子学说统系融会起来，西方的印书馆大书局，都将孔子学说，用了洋装订上，插些图表影片，也须少间些拉丁、英、俄、德、法文字，转从了私淑远绍的碧眼黄须白面的，孔子二三外洋大弟子，坐着飞机轮船，航空航海，好好顶礼回来，乃知我们中国的精神国产，益见得庄严伟大。真是能使世界人类都在饮和食的地上走，都在鸢飞鱼跃的天中游，人间人类把残杀恐怖、诈虞不祥的心眼，都愿意向和平揖让诚敬的意志里来，到那时候，大成殿前电灯闪烁，泮水桥旁，铜像巍峨，我中国人乃恢复起昔日光荣来。这句预言，不是凭空来的，都是将他老夫子的学说，征之过去历史，现在群情，有两个真实无妄的大前提，方推测出来的第三个结论来。那么，今日全国纪念孔子，就是纪念孔子有功人类的学说，就是纪念孔子不可思议伟大悠久的真精神。

讲儒家之修养

（在太原大自省堂讲述）

今日研究题目为“儒家的修养”。修养方法甚多，大概可综四要：一为集义；二为立己；三为好古；四为游艺。何谓集义？孟子云“是集义所生，非义袭而取之也”。必于平生所做事无不可对人言，从不愧不怍用功，从三畏、四勿、九思、十手、十目用功，久之自然养成铁肩、铁面、铁血之铁汉。到非常事来，自有非常之应付，自然到了由仁义行，非行仁义；人能弘道，非道弘人地步；然言之易，行之实难；吾人既深知之，便当努力从“行”字去下手，或庶不负读书人的身份。

何谓立己？粗言之，要大家便当先从自己身心上好好下手。伸言之，成物先成己，立人先立己。不但儒者是如此，凡宗教家皆有这番修养工夫。如耶稣之精妙医术，手按病处即愈；非大有一种集电聚灵工夫，安能如此？穆罕氏之古洞静修亦然。释氏之禅与净土两宗，种种方法，皆为先由自己锻炼形骸筋肉做起；至于中国黄老之学，分门别派的各种工夫，如《黄庭经》《参同契》《悟真篇》，而一切所谓大周小周天境界。老子以为婴儿，释氏以为舍利子，无一不从事于成己。分开说外功如国术各种拳术，最实在最妙。岳武《易筋经》，也是外功。内功如静坐凝神调息等，向内做工夫皆是。凡世间讲理学人，往往身体不好，神经至于衰弱，实在不知信仰者等工夫。哪知道用这等工夫，便可以后天补先天，便可使一根软骨头，练到可以能做许多顶天立地的事业呢？

何谓好古？古人之成案，即古人之成绩，便是古人之经验，即后人的良方；吾辈想一想，这种成绩，能留到几百年几千年，骨子里必有好东西在。孔子不云乎“述而不作，信而好古”，又云“我非生而知之者，好古敏以求之者也”。盖多从事学问，多识前言往行，积之久自然看透一切，自然能成全一切，目光所射，自不与寻常同。由狭义用功言，当浏览《言行录》、《尚友录》、《名人传》，各种《语录》、《学案》。由广义言，关于天文、地文、人文、社会、历史、宗教、哲学及关物质各科学，总以多读为是。古人云：读万卷书，行万里路。我亦谓胸中至少当有古人师友五六十人，应用学数百本，博物所以成君子，此是确论。近世有学阳明，专心致良知，如佛氏之专从顿悟下手者。天资好的人，固有悟到妙处，不灵敏的人，悟到旁门处，亦为可知。要知道阳明所以成“致良知”的结晶三字，是到晚年的成绩。不知其平生读了多少书。经验阅历了多少事？所以要好好悟出端倪，透明了良知良能，应当多读书，总没有弊病。

何谓游艺，人不可无嗜好，不可不养成一个好嗜好。有好嗜好，乃有安心立命之基。何处有心猿意马来撞扰，孔子对人人宜有嗜好的见解最精确，故据德依仁之后，叮咛以游艺。游艺游之久，必能成一极乐的嗜好。孔子并非教人游心、博弈诸嗜好，礼乐射御书数，乃为六艺。今之科学，除论理等各种唯心哲学外，皆为艺术。今之习科学诸学生实全是艺徒。周公多才多艺，孔子自谓不试故艺。形而上为道，形而上为艺。择其艺之善者称为嗜好；则即西教养魂之说，儒者求放心之妙道。假使已有右三项，集义、立己、好古工夫，倘未有此第四种游艺嗜好，则中间往往有一种烦恼生起来，亦未可知。吾人必当择一种艺术，与自家性相近的惯习之，使渐生出嗜好性，于上三种修养自能相辅相而成。鄙人有一嗜好，是好作草。虽鄙人于游艺修养无程度的浓厚可言，然亦省得许多浪费钱，亦减少了许多烦恼苦。且现今世界是艺术世界，是美感世界。吾人不讲究到艺术的修养，也是万不可的。

子曰“参乎，吾道一以贯之”一章

（在山西道德学社讲述）

今日向诸先生谨提出经中数语，互相切磋的问题，为“参乎，吾道一以贯之”一章。此章书人人读，人人对于“一贯”二字，见仁见智，见解分歧，聚讼至二千四百余年，在座诸先生，于本章皆有研究。研究所得结果，质之诸先生，诸先生以为然否。璜先将本章原文略为诵解一过。子曰："参乎，吾道一以贯之。"曾子曰："唯。"是夫子明昭曾子，曾子亦心入心通。在当时师弟问答，固自有精切感通的印证。后之读者注者，能否与孔子师弟子当年一鼻孔出气，是一问题。朱子《注》云："夫子一理浑然，而泛应曲当，至诚无息，万物各得其所，至诚无息者，道之体。万殊所以一本也，万物各得其所者。道之用，一本所以万殊也，以一对万解一贯。"此见解甚妙。但过于浑容，亦近博泛。吾人初读似无端倪可以捉摸。孔门弟子当日对于夫子言性与天道，俱以为不可得而闻。颜子亦云："仰之弥高，钻之弥坚。"在前在后形容夫子之道。夫道若大路然，道法自然岂真有玄微高深，不是布帛菽粟，非寻常人所得知的。而曾子告当日门人"何谓"一问，又转以"忠恕"二字答，令人惝恍亦不能得真切的见解。朱子解尽己为忠，推己为恕，又有解中心为忠，如心为恕，亦于"一贯"二字，实在领会不到观念联络天衣无缝处。《中庸》则又云，"忠恕违道不远"，笺释种种异同，此亦一怀疑的问题。璜昔年稍习欧人论理，窃以为"一贯"者是否如论理学上之推测法的归纳与演绎两法。例如人为有理性动物，某某人为匪，某某人为贼，某某亦必尚有理性，可断定某虽匪虽贼而良知良能与人类同。此归纳一贯之说，即万殊归于一本也。我为动物，我有知觉性，凡一切动物皆有知觉性。不但此地球内动物皆有知觉性，即他行星他恒星内一切动物皆必有知觉性。此演绎一贯之说，即一本推至万殊的说。

又易一说，凡万物有成必有毁。宇宙虽广大悠久，亦必有毁坏之一时。凡物质不灭，精神亦不灭。大地虽变化无常，由水、土、火、风散归无何有，转瞬又渐变成一云霞星气。由气体而流体，由流体而固体。复成为如现今生物所寄深厚的地壳。可知一地球生成、发育、毁坏的状况，便可以贯彻知诸天、各太阳系、无量数地球生成、发育、毁坏的状况。此亦演绎推测一定之理，是吾道一贯之作用。由宇宙观讲到人生观，如大学所谓絜矩之道，先后左右皆一以贯之，百世以下等百世以上，东海西海，心同理同，皆一贯之。即至算学求出一公式，几何定了一公理，适用于一物，必适用于万物。凡人世成一学派，一学派成一名家，其思想必有唯一的统系。所云上下五千年，纵横九万里，累累如贯珠，皆是一贯的作用。盖“道”字是一广义名辞，有常道变道，有小道大道，有天道人道。于道上加一“吾”字，而称之曰“吾道”者，似乎非贤哲不可得而闻。不知道称以吾者亲之之辞，如窃比于我老彭之我意相同。且以主观对客观而言，即吾与人之对称，无贤愚老幼，人人皆内存一“吾”字。千百万人。即有千百万的吾。人人有吾，即人人常由斯道，即人人道不远人。此极平易之见解，夫子语气并未含有何种微言大义，然则吾道一贯者，即一理能贯通，万理皆可贯通。人人日日由斯道，而不能知不能言。如鱼在水不知有水，人在空气知有风不知有空气然。何以故，未之思耳。思则得之，亦间有舍近舍易而求远求难者，前者庸愚之误，后者贤智之过，皆未了然于一贯的道。实与吾人最亲切最平易，故释家五祖，偏传其道于未识字之慧能，盖慧能之顿悟，由渐而来，一旦若然贯通，全由用力之久，表里精粗无不到而来。朱子之补格物，实朱子道破吾道一贯之义。言性天道不可得而闻，非终不可闻，实可悟而得，不可说而明也。（《中庸》云“自诚明谓之性，自明诚谓之教，诚则明矣，明则诚矣”章耐人玩味。）释迦氏说法四十九年，自谓“未说一句”；孔子亦云，“余欲无言”，璜未能志道。璜亦时喜游艺，时习草行。即璜的游艺处，游之已久，乃知艺也通乎道。以书法境界，用笔所经的阶级，历历如在。由此以推，亦可概一切艺术所经之阶级，皆如是如是。且可断定一切万物万事所经的境界，亦应如是如是。夫作书虽小道，有迟速，有肥瘦，有正奇，从迟入速，从瘦入肥，从正入奇，为初步，复由速转迟，由肥转瘦，由奇转正。再进则为迟速相间，肥瘦相交，奇正相生。继而奇中有正，正中有奇，迟中有速，速中有迟，肥中有瘦，瘦中有肥。终也欲奇则奇，欲正则正，欲肥则肥，欲瘦则瘦，欲速则速，欲迟则迟。宇宙在乎手，妙乎其妙，神乎其神。其境不易臻，其道望已见。书道如此，此窃以为圣门的文学、政治、言语、德行四科的道，亦必皆无不于奇、正、肥、瘦、迟、速各境界循环往复。种种阶级，为进境一定之次序。无论为波纹状的进化式，为螺旋状的进化式，不经过此等状况，万不能至精妙工夫。昔读《西游记》，见西方路上何多如此妖魔鬼怪，习草书后，知奔蛇走虺，春蛇秋蚓，蛇神牛鬼皆书境中应有的浮烟涨墨。不经此种魔障，决不能见醇清的炉火。道高一尺，魔高一丈。道中有魔，魔亦实从工夫得来。吾人求道求万事万理，皆当从见魔从降魔入手，亦是一贯的。且天下事不必于道中求道，道外亦可处处见道。得一道而演之，即得无量数的妙境，是一了百了，一通无不通。宗教家有神通语，儒家亦有天人通说。夫岂有他，其为物也不二，得一道，便可以贯通千百万的道。夫道一而已矣。璜有友人，欲了解人生观及宇宙观，求之于诸子百家，不能得统系，不能有彻底的觉悟。又求之于大易似有所悟，然终不能四通六辟，一一穷其源头。后又用力生物学及生理解剖学，生物发生各比较学，地史化石生物进化学，又求之天文地文诸学，乃豁然于人生观原来如是如是，宇宙观原来如是如是。乃恍然于大易之所以大，即在以天道形容人道，以天道印证人道。人身为一小宇宙，宇宙一大人身，人为小周天，天为大周天。此以易统天，即以天证人。此亦一贯道的演绎归纳，由万殊悟一本，一本推万殊耳。孔子告子夏以绘事后素，子夏答以礼后乎。夫子许以始可以与言诗。子张问十世可知，夫子告以虽百世可知。实夫子时时诏人以一贯之道，故闻一知二，闻一知十，推一贯也，故曰“举一隅不以三隅反，则不复也”。后人以拘泥解吾道，以浑容释一贯，或生出心理上许多枝节，以为入道传道学道之难关，此不可不注意者。

子曰“中庸其至矣乎！民鲜能久矣”

（在山西道德学社讲演）

此章书人人对于“中庸”二字，似不能不生一种高远困难的想象。程子解不偏为中，不易为庸，又觉中庸极似平易可能。夫子乃叹民鲜能久矣，令人不能无疑难，夫子固一生致力于中庸之时中者，子思子述《中庸》一书，首尾三十三章，反复赞扬夫子，赞扬夫子所谓中庸。实望后世人人于中庸处用功夫，犹之大易赞叹天地气象，示人群取法乎天地，法华形容佛相庄妙，愿人群皈依于释迦，耶典诗歌赞美上帝，导人群信仰于上帝。儒者《中庸》一经，是传道圣经，岂等闲语，岂寻常书。唯夫子立言高浑，子思子引证各例，词多抽象，见深见浅，言人人殊。璜用是敢提出一章向诸先生印证印证。细为玩索此章，夫子语意似重在上句“其至矣乎”四字。至者至德尽美尽善之谓，夫子欲唤起人人注意中庸之道之真尽善尽美，与人人、人己、家国全局的乐利，关系何等亲切。非使人人能中能庸不可。“民鲜能”的“民”字，便是作一般小民解。便指普通细民，与上章称小人反中庸的小人相同。与下章称愚者不肖者亦略同。犹之云小人哉小人儒的人一样，凡人见识近小，不能虚灵不昧，彻上彻下者，均不得为大人为君子。夫子深望人民都向中庸路上去，作成平易的君子，作成自然乐利的升平世界。读此两句语意，一赞一惜，其裁成人类用心之委曲，亦可于言外得。“中庸”两个字，虽似有两个意义，其实侧重“中”字，明了“中”字定义，做到“中”字实在，则庸字自在其中。请先解析“中”字，吾人既生人间世身外何等复杂，机势何等变化。欲于时时事事得一“中”字，本谈何容易。试就大地横面说起。从个人至家庭至国家至世界，一个境遇，有一个当然的“中”字。试作伦理上概念图说明（甲图）。（此甲乙纵横两图将人间世是非好恶、利害、善恶、邪正、公私的原理，全般解剖而出。望按图时加以想

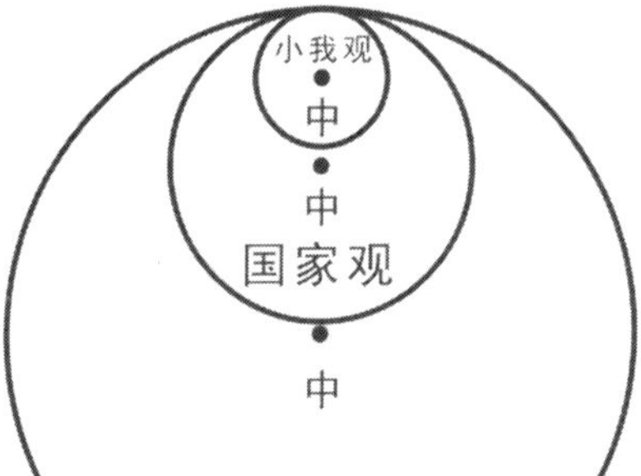

甲图

象思索。许多事理，观人论世时怀疑不可解者，至是应得一顿悟。)

凡主小我观者，只对于个人小我观圆周围圈，求中心。其对于国家或世界未免有偏见，而失其中。主世界观者，以世界为中心，只对于世界求其中，至对于国家或家或个人或不免复失其中心。转由历史纵面来解剖，譬如酋长时代，有酋长时代道德与风教的适中。由酋长而封建而征诛而战争而选举。一时代有一时代之中，时代异所谓中之现象、中之原则亦异。故时代之进化日新月异，则折中之智识，用中之方法，执中之能力，亦不能无变异中之一现象，实无方体无定义，是活泼的，日日新的，错之毫厘或谬千里。昔日称华夏为中国者，今世界称为远东矣。昔日称河南为中州者，今日版图又不在中州矣。世界百年来人类学说，以竞争生存为中，国家政治以征兵卫国保民为中，其弊也帝国者借以侵略，用以酷待弱小民族。甚而竭全国脂膏精华心血于海陆空。国与国互斗，实即人与人自杀。中也忽反于不中。继此以往，应另有适中之道，以和平此恐怖世界。全世界此时不知有多少求中的君子，正急急皇皇焉用心以研究此和平之中道，试更进作一图以说明。(乙图)

大凡人之目光，苟有小者、近者遮蔽其目前。则远者大者自不能见。见且不能，复安能觉其中与不中。所以凡百细民，吾侪小人，时时为一己一家的近者小者所计较、所遮蔽。于己于家，处之或未尝不能中庸。推之对于国家或人类，或反乎中庸矣。其贤知者目光虽能由个人，透过家庭国家各关头，然或终寄托于超远的功业观，或世界观、宇宙观。竟望其返，其见地亦是偏执。是则几民之过于贤与智与愚不肖者，皆不能中庸，皆反乎中庸也，反乎中庸也。何尝不中其所中，不庸其所庸。只不见上下前后左右远近，自无所忌，自无所惮。不能中庸的人是平民，断不是性恶的人。孟子谓："中养不中。"凡贤父兄皆有中庸之道。但见识拘泥，不能明澈万类，为近小的中庸，或高远的中庸所范围，成其小人的中庸。览之古来历史，东西人类，往往不能出

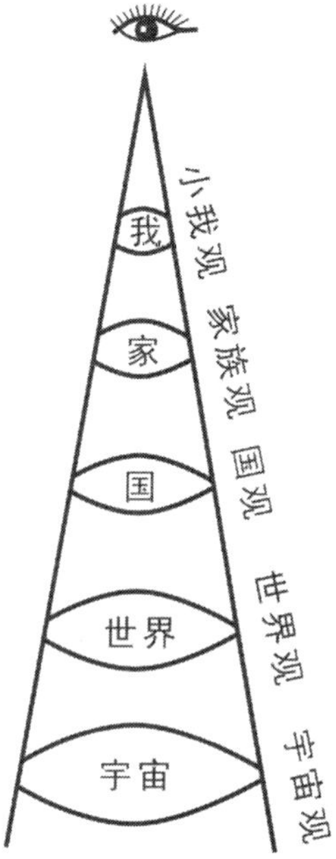

乙图

此，至大可哀。由此看来，上章谓：“君子中庸，小人反中庸，君子之中庸也，君子而时中，小人之反中庸也，小人而无忌惮也。”下章谓：“道之不行也，我知之矣。知者过之，愚者不及也。道之不明也，我知之矣。贤者过之，不肖者不及也。”与本章语气脉络息息相贯串。然则夫子欲人人践乎中庸，见其近复见其远，见其小复见其大，既见其远，复见其大。又能回光返照。仍不遗其近其小。明镜止水，时时透明无物不照，用功之道，果何乎在。第二十章不云乎：诚者，天之道也。诚之者，人之道也。诚者，不勉而中，不思而得，从容中道，圣人也。诚之者择善而固执之者也。继之以博学之，审问之，慎思之，明辨之，笃行之。博学以下八字，是夫子示人用功根本之次序。第二十一章：则云自诚明谓之性，自明诚谓之教，诚则明矣，明则诚矣。二十二章则云：唯天下至诚为能尽其性，能尽其性，则能尽人之性，能尽人之性，则能尽物之性，能尽物之物性，则可以赞天地之化育。可以赞天地之化育，则可于天地参矣。二十三章则云：其次致曲，曲能有诚，诚则形，形则著，著则明，明则动，动则变，变则化。唯天下至诚为能化。二十五章云：诚者自诚也，诚者物之终始，不诚无物。故君子诚之为贵，诚者非自成己而已也。所以成物也，成己仁也。成物知也，性之德也。合内外之道也。故时措之宜也。二十六章则云：故至诚无息，不息则久，久则征，征则悠远，悠远则博厚，博厚则高明。自二十章至二十六章，工夫皆著重于诚，皆收效于明。而入手得力于博学、审问、慎思、明辨、笃行。可知欲心身家国天下，层层一切看到透明。远近风自，无丝毫渣滓遮蔽。必由人一己百，人十己千，由勉行，而利行，而安行。由困知至学知，如生知，如此思诚，如此至诚。未有不明，未有不中不庸，不时措之宜者，如书画然。不下至诚工夫，则锋不能中，既能中矣，一时不诚，一时便成侧笔，便出偏锋。欲时时中锋，非时时至诚不为功。小技如此，一切皆然。夫子尝谓执其两端用其中于民。又谓叩其两端而竭焉。夫子平日叮咛反复，其心得中庸之真之善之美。总欲化人人之偏私，引人人于中道，长措世界于太平。夫子之中庸泛应曲当，到处几于自然。乡党一章无一不见夫子之中庸。三人行从与改皆中也，委吏乘田会计当，牛马羊茁壮长，皆中也。作春秋，订礼乐，明易象，删诗书，皆无一非继往开来之庸德庸言庸行也。吾人于万物万事苟刻刻留心，皆可作模型看，皆可作书籍读，皆可以诚则明，明则诚。果是无论何等民，识文字与不识文字之人，虽不能如夫子之大中时中，皆必不至遮蔽于私欲，驰骛于高远，偏于昏黑不明，终其身为鲜能中庸的小民，不克有以自拔也。璜于此章私意解析如此，高明以为有当否。

肉虽多，不使胜食气

（在山西道德学社讲述）

孔子从来世界人都目为教育、政治、伦理、宗教诸家，近来有人又推为公法、交际、艺术、预言、修养诸家。从未有谈到夫子是个生理卫生实践的专家者。吾人读一读夫子所删订的《诗》、《书》、《易》、《象》、《春秋》、《周礼》，与门人所记载传述的《论语》、《学》、《庸》诸篇，谁也知道真是能牢笼现今一切诸家学说。试举出几句经书来作个信条，作个约法，作个最高定义，最简公理。真是孙悟空天大本领，到底逃不出五尖山。（中略）孔子何以是个生理卫生的实践专家，养生之道是人类自己的根本栽培法。成己立己，是做人第一步工夫。天下未有一身的大本营不振，大本营站不住。而能终战胜四面环境者，诸先生试想一想，乡党章“肉虽多，不使胜食气”一句，便可知孔子日日实践最要紧的卫生。有此根本的自卫自防，乃可战胜一切环境。现今许多人，学过研究过实行过卫生学。其结果适得其反。诸先生试看近来多少人，何以一至了四十五十，正有知识，正有经验，正有地位能力，正好有为，正好替着自身，替着国家社会做事，乃偏有生起肥胖病，失眠病，麻木病，肠胃病，闭结病，半身不遂病来。究竟原因在哪里，是不是不照着老圣人的当年加入宴会时的好方法。吾人处贵显时，总当略知自卫自防，肉非不可吃，是不可长吃，不可多吃，不可硬着吃。

人类本是个草食动物，并不是肉食动物。欧人研究粗食猛健法，以为人愈食家常便饭，愈得健康。言之成理，头头是道。吾人细细想一想，实在是个如此如此。僧道果能持斋食菜，便真是一个无病的地上活神仙。肠胃干净，自然无病，无病即不易夭折。以植物来证明，凡植物之生活，吸收有机体作为营养料。不如其吸收无机体为营养料。以有机体的肥料来比较，用动物体的肥料，又不如用植物体的肥料。观园艺培养法，料品成绩表，最上的需要品是天然空气、阳光、雨水、苦土、酸类、盐类、炭化水素等等天然无机物，及草木灰骨炭灰等肥料物。其次为天然有机的植物肥料，如腐坏的草木根茎，蚯蚓的排泄粉等。人工的植物肥料，如苜蓿、草木、叶茎、豆饼油渣等。又其次为海边之鱼虾、贝蛤、鱼脂肪，及内地各种粪土。而动物肥料与粪土肥料，初用下非不蓬蓬勃勃，生机畅发，如人类肉食然，初食能增加筋肉，久之则成肥病羸弱病，各种外强中干病。故深林旷野，古木长藤，山花野卉，受天然无机矿物，有机植物肥料培养，任风霜冷暖，四时变化而无碍，人工培养的园艺盆栽田苗，用精细肥料品养成者，决不能抵抗害虫病菌，飘风骤雨，烈日冷雹，犹食肉人之不能免疫，不可耐劳受苦同一原理，最易一境回来说，饭馆内走堂厨役，十人五胖，从前做了缺的州县官，十人五人发福，不是添福相么，不是行好运么，不是得了卫生营养术么。福似福，好是好，可是有一种极大的危险，随着他作背影。凡肥胖的人，能得四种有把握拿住手的病症。即脑充血、疔疮、麻木、糖尿病，吃肉能肥胖的人，固已能受到肉的滋养的好处，尚且如此，尚有多少人，当时便不受其滋养，当时直接便受其打击。医书所论食肉病由，难更仆数。多食肉的人，不要说怕生起前四种病来不大好。便是一生无病，要知道人类这根骨架，只可令其负担百斤，或八九十斤。我们不向好日光好空气运动边，减轻体量，磨炼筋骸，乃种种方法偏要他负担至百三四十斤，或百五六十斤，此三四五六十斤格外的肉，果谁替我能负担。此亏果谁吃？果谁时时刻刻受这些格外肉无用的重累，就璜本人说，平生几次受环境待遇，已发胖过几次，饮食稍为适宜，心力稍为懒散，运动稍为欠缺，便渐渐添起脂肪筋肉来。璜幸一经觉得，便赶速设法，令其从速转瘦，当初在二十余岁，第一次发胖，使不实行减体肉的重量，今日安得与诸先生研究一堂。璜有几位好朋友，最宏食肉量，最喜吃馆子饭，后渐胖起，璜极替雅发愁，亦间为他进药石苦口忠告。每有不以璜言为可怕，不以璜的经验为可行。后来脂肪肉增到极度，行动都不自由，入医院，医者以为此等肥病或宜放血，或当取出多少斤脂肪，乃不危险。明明是他动物的血，偏要时拿来作自己额外的血。明明是他动物的脂肪，偏要时取来作自己额外的脂肪。至精神肉体生起苦痛，又偏要请人开腹刺管，取放出来。如果是一次取出或数次取后，便健康延年了，也不妨麻醉一次，流血开到几次。但此等食肉肥胖朋友，饮食习惯，到底不改，过了几年仍不能逃此危险，真是茫然无以自解。璜一日见酒馆烧鸭甚肥，询之厨丁，果以何法至此，若人生发福然。果需几何时，答云，用好食料，时令其饱食，不使之稍运动十六天，便能多出本来鸭身三分之二或四分之三重量。余又问再饲养下二十天，当复添得多少肉量，答云，过此以往，此鸭亦不能再多进食，且原重亦将渐减，便将入病理状态，不可复作食用品矣。余乃恍然，益大有所悟。昔孔子数十年周游列国，与列国君相分庭抗礼，备受盛馔，终不困于酒食，夫以如此悲悯劳心的大应酬大伟人，享寿能至七十有三，孟子一切学孔子，故传食诸侯，亦享寿过八十，日以庖有肥肉警告世主，惜世主不之悟也。且孔子不仅留心少食肉，且知其常常不食肉，不云乎割不正不食，此割字，与割鸡之割解同，非家有正当大事大宾，不轻杀牲。又云沽酒市脯不食，平日不特不杀牲，且不买酒肉，不入馆子又可知。释氏道家明白主张斋戒。孔子虽不明言，而其多食素食。书中字里行间可隐隐见矣。古之哲人修养，未有不于此加意者，食肉者不一定是鄙，多食肉的人，志气比较上，实不如多食菜根的人的清明。如伍廷芳等讲修养诸人，皆重素食，晋中现在赵徐孟诸君，长斋修养，岂云无故。印度甘地虽反对不食肉，回族提倡食牛羊，不过一则用以调和五味，一则替代猪豚食品之不清洁。要皆主少食，亦非提倡多食也。门人记孔子此等生活，实深以警告天下后世富贵中人，且以见圣人学问之无不精，世之有心医国君子，当自实行医己始，世之愿天下肥者，当先由自己守瘦始。外人目我国为东方病夫国，乡村平民何尝有犯此等病夫症。希望小数有学识有经验有地位有力量的人，除必要酬应外，皆当过节俭的日子，度健全的生活。则病夫国之名，自可永远一洗而为快。璜不是说得太利害。璜实在大吃过此亏。非是身亲，便是目见。愿国中有心救国人物，于这些注意，永不以郎中为顾问，医院作别署，是璜今日备述本题之微忱。词冗意俚，望曲原曲原。

子曰“性相近也，习相远也，唯上智下愚不移”经义

（在山西道德学社讲述）

此章孔子之言性，最含蓄亦最明了，实古今言性之铁案。本无流弊，惟当日于性下未注脚分析若者为善性，若者为恶性。而子贡又有“性与天道不可得闻”之语，致性之真相，后世不能直截了当下一定义。聚讼数千年，几乎真不可得而闻。而中国教育伦理法律政治诸哲学之进步，稍受影响，当于此章求一根本明白之解析。以为性与上智下愚五字之真确认识。夫周末迄今性说之有力主张对峙者为两大派，即孟子之性善论，荀子之性恶说。

自孟子道性善，卓然优胜二千余年，沦浃古今中外，多数人群所公认。岂为无因，假如有人谓一人曰，尔不仁，尔不义，尔无礼，尔无信，则其人必怫怒。又责一人曰，尔不孝，尔不弟，则其人赧然羞，或勃然变。且无论何人，见圣贤遗迹，未有不肃然敬者，读神奸大蠹历史，未有不裂眦相睨，唾骂相向者。曹操、王莽、秦桧以后，无复有名操、名莽、名桧者，画家喜绘麟凤，不喜作蛇蝎，六祖以为狗子也有佛性，阳明云满街都是圣人，人无有不善，水无有不下，堂堂之阵，正正之旗，壁垒森严，攻之谁能破之。

然荀子竟极端而反其说为性恶。彼以为尧舜伪也，桀纣伪也，穷其弊，恶以制恶，毒以攻毒，杀以止杀，严刑峻法，消极束缚天下。而天下机智之巧，浮薄之行，益生于其心。中国流为法家兵家，西国变为法制国，成为帝国主义之殖民政策，兼并政策，甚而为灭种之国际大残忍。然则此种非人道武断之学说，何以能蔓延传播，表同情者，又何以不乏其人乎？平情思之，试问虎有食虎者乎？狼有食狼者乎？无有也。试而问反刍类草食动物之羊驼麋鹿，亦有时食肉乎？无有也。凶岁则人与人相食，甚而易子食。世界无论何国，不数百年或数十年，国中一失治平，国际或失和平。人与人斗，杀人盈野，往往死亡过半而始休。青史所载，父老相传，实可痛心，细考三十余万生物，除蚂蚁外，几见有成群自相屠杀积尸填满沟壑者乎？人本是由猿而猩猩之草食灵长动物进化而成。乃偏转兼而大量饮血嚼肉。日不知宰戮多少牛羊猪鸭，日不知纲弋多少雉雁鱼虾。人际所至，鸟兽成群逃逸若避大恶兽然。使禽兽能言，群兴起而问食肉寝皮之罪。吾人将何辞以对。非性恶乎，然则欲拔性恶一帜似亦不易。

他若主可以为善可以为不善，有善有不善，要皆只从历史社会表面上片面的归纳而来。此等耳食道听之说，无研究之必要，至宋而后，言性分理与欲。影响于佛氏。清以来，有以性与命并重。根据于道家。要皆主性善者也，古今学说，有一是必有非，有一非当有一是。未有两是，亦未有皆非者。孟与荀各走极端，言各有理，非有一明确之折中。终无以钳诡辩之口服怀疑之心。孔子此章虽不明言性善、性恶，曰性相近，曰习相远。于不分善恶中，自有善于恶之对象。终伸之曰：唯上智与下愚不移。盖明示其秉善性多者为上智，秉恶性多者为下愚。善性为何，恶性为何？从生物生态学、动物生殖学、生理学、心理学、人类实验心理学各方质证，恶性即动物性（禽兽性），如杀盗淫妄食色生存竞争等性，是动物所通有者也。大乱之互杀，强凌弱，人食人，皆为动物之争存性复现也。春宫乖乱，伦常流血，濮上桑中，淫风流行，皆为动物之繁殖性有权也。

善性即人类之理性（道心性）。孝弟忠信仁义礼让等性是四端四勿之起，人人所同然也。九思三戒之惕，人人所同然也。三纲五常之理，人人多同然也。此性人类多独有，他动物所无也。

恶性是动物性之自然而生者，善性是人类进化之遗传性所渐成者。孔子隐隐于两种相对性和盘托出。实可于词意中求也。孟子主性善，是兼教育慈善政治诸家之委曲苦心，忠厚之至。欲潜移人类动物性而发达其理性也。是以君子概小人。实本此章孔子言性之心，行之古今中外无弊也。

荀子言性恶，是法家者流，兵家者流。可行乱世，不适于治世也，合于暴君、酷吏、盗贼之利用，不为仁人、君子、平民所赞与。是以小人例君子所谓吾党之直躬，非以人治人也。其说虽亦流行于社会，然社会究无敢明目张胆公开其说，所以异乎中庸也。

盖孔子以为孩提赤子秉赋皆相近，惟政治与教诲与境地时势之不同。至有勃发起其动物性，而隐其人类性为性恶之表现。应如和使人人复其性中之上智性，去其性中之下愚性。并欲以上智导下愚，即欲以上智励下愚。使人类多上智少下愚，多春夏少秋冬。有雨霜少雷霆，常玉帛揖让，无兵戈残杀。则此章孔子立言之大义也。

孔子于科学文化上的贡献

（一九六二年在全国政协会上书面发言）

当此党中央号召科学文化百花齐放，百家争鸣，而全国学校都正向科学进军的今天，兹就二千四百余年祖国历史当中，特举出一位精通科学的大知识分子——孔子，给予新的评价。毛主席很早就提出过对历史上伟大的思想家孔子，应该做出新的总结。我水平有限，不可能为孔子做出总结，但根据个人认识，提出一定的资料，以供参考，我认为是必要的。

孔子所处的时代，是旧的奴隶社会日趋崩溃，新的封建社会行将发生的变革时代。他的思想和行动，有落后的一面，更有前进的一面，但前进的一面是主要的。毛主席讲话，对孔子尊称“孔夫子”而不名，这对我们今天重新研究孔子在历史上的地位来说，就是一个很大的启示。兹就前进的一面，择要分举如下：

（一）孔子是一位大教育家。孔子设四科，“以四教”“温故知新”“循循善诱”“有教无类”。于交通极不方便的时代，集四方求学青年数千，由官学提倡私学，由贵胄普及平民，商偃传经，吾道其南，门墙演派，儒分为八，春风时雨，抑何其神。教育方面，孔子实创世界空前之局。先说受教：孔子生平“学无常师”，“入太庙每事问”，“三人行，必有我师也”。苌叔、老聃、郯子，一长可取，问业殷殷，因而受教愈多，知识愈广。说到教人：门人问孝，启以多方；时君问政，砭其通病。互相接见，孺悲拒绝，或以正教，或以反教，或以“不屑教”，一言一行，师表人群，孔子尝自说“诲人不倦”，又曰“吾无行而不与二三子者是丘也”。《论语》一书，语语言言，皆提示的教案，尽教师职责，处处可于言中言外见之。总之，孔子在受教时，是一个好学生，而教人时又是一个好教师。今日教育工作者如果都能师孔子“学而不厌”和“诲人不倦”的精神，教育事业的发展，是一定会突飞猛进的。

孔子卒时，“弟子皆服心丧三年”，心丧毕，“皆哭泣相诀不忍去”。子贡复庐冢六年，师弟精神团结，情逾骨肉，读近代数百年东西教育史，不能复见其人。现在师弟情感，能否如是？师之视弟，能否“犹子”？弟子视师，能否“犹父”？全国的教师和学生，可以冷静地自省一番。我个人建议似应定农历八月二十七日孔子的诞生日为“教师节”，借民族的传统纪念，以加强全国各级学校师生间的新的团结，我们觉得对今后的社会主义教育事业，是有好处的。

（二）孔子是一位大伦理学家，哲人如孔子，集三古圣哲伦理之大成。五伦界说，神感应，明施教，别名分，主之以恩，重之以情，执之以礼，行之以忠信，平实明通，自上及下，自风之自，由亲推疏，各尽其心，各守其秩，历千百载，卓然常新，经累代无量数人欲横流之尘劫，卒无可变易其常轨。盖孔子的伦理，即人类之人道，始于下学上达，终于成己成物，启其慧于觉，求其识于学，弘其道于存养，明其德于省察，用之以“九思”，体之以“三达德”、“五达道”，成之以“四勿”、“三畏”、“三戒”、“绝四”，敬以直内，义以方外，道贯于一，权通于万，“造端乎夫妇，达孝于天下”，归其宿于“慎终追远”顺天理。著于外者，“庸德庸言庸行”。存于中者，“至大至刚至正”。三礼两论所载，皆孔子尽伦之学。孔子平日常称君子人、君子儒、君子道。即孔子心目中，所得伦理中人之片面。见尧于羹，见舜于墙，见旦于梦，即孔子仰止中，所拟伦理中之完人。上下两千年，人人不可逃伦理于局外，人人实难违孔子人道的准绳。今日世界大势，日新月异，向新的时代跃进，如能借民族的形式予以新的精神以适合乎时代的需要，推阐其光明，发展其乐利。对于社会道德，国家纪律，以及巩固社会主义秩序来说，所谓批判地继承，还是有一定好处的。

（三）孔子是一位大史学家。孔子以前，中国尚无传信之史。孔子编《书》，自二《典》至《秦誓》，为国家政治史的嚆矢。删《诗》从《国风》至《雅》《颂》，为社会风俗史的权舆。订《礼》从《天官》至《丧服》，为典章制度史的推论。取“百二国之宝书，纪年书地，文成数万，其旨数千，而作《春秋》”。于是有《公羊》、《穀梁》、《左传》,相继而起。迨司马迁，上自黄帝，下至麟止，成史家系统。司马光汇众史群言，咸衷诸正，朱晦庵以纲拟经，以目比传，笔秉褒贬大义，而中国历史遂成古今龟鉴。大抵东西洋历史，有传无经，有目无纲，重时间之性，存成败之见，轻道义之观，实基于资本权、势力权，平心而论，史识史才，浅深厚薄，必能辩之。西洋史，能启发人类之雄心，生存竞争之热力，治标一时有效，欲借以悠久批评月旦，鼓惕清浊，酝酿成社会敦厚公正道义风气，是不可能的。我们中国的孔子乃纯理的人群史学家，标准甚高。吾人读史编史时，当别具一副新的春秋观点，斯是非邪正之理，判若水火。中才以下之人，何致盲目抉择，陷于非礼非义，而贼害奸佞行为，明明自知，始终不能自改呢？

（四）孔子是一位大革命家。春秋时代，当奴隶社会的末运，奴隶主世王世卿，剥削压榨人民，无人道之可言。孔子欲行师儒的职责，代表民意，易无道以有道，不得已，乃借纂修删订，托古改制，欲伸言论喉舌。然此时贵族的威胁，官僚的横暴，实不可以明言发动，创作新民风气。而贵民轻君学说，披露岂是容易。只有委曲迂回，隐现于言表。曰“君君、臣臣”，“君不君、臣不臣”，君臣之间，立论平等，示以对抗而已。至释大易革卦，乃明言“汤武革命，顺乎天而应乎人”。鲁论“公山不狃以费叛，召子欲往”，“佛肸以中牟叛，召子欲往”。公山、佛肸当日起兵声势，远不及清末武汉辛亥革命和红军二万五千里长征，故当时孔子门人与后世学者，于孔子东周的行为，用心之苦，往往未之知。试问一介穷儒，周游列国“子贡为使使才，颜渊为辅相才，子路为将帅才，宰我为官尹才”。栖栖仆仆，日挟其“志士不忘在沟壑，勇士不忘丧其元”的决心，不惜以坚白身心，磨涅缁磷，千辛万苦，九死一生，孔子的大无畏精神，可以想见了。又书社尼奚谷之阻，在同时所谓英明贵胄，如晏婴子西辈，对孔子之来都表现恐怖，不能自安。所幸尚无极端专制魔王，未兴革命大狱，没有牺牲到孔子和孔门弟子头上罢了。

（五）孔子是一位大政治家。中国历史上的大政治家，欧人二百年前，群认周公，渐而推到管子、王荆公，近则有注意及于孔子。谨按孔子的政治学，在当时来说，都是力争上乘，“为政以德”。读千乘之国数章，以至“为政在人，取人以身”，为天下国家有“九经”，尊“五美”，屏“四恶”，先劳无倦，道德齐礼，立道绥动诸节，推之“尽己性，以尽人性，以尽物性”。此等政治原理，皆庸流指为迂阔，豪杰实所倾心。孔子摄行相事，数日“政化大行”，小试成效，已见及身。后世能摹仿者，著名君主如：汉文、光武、唐宗、宋祖，著名贤臣如：王、魏、房、杜、赵、范之流，得其一礼，对劳动人民减轻剥削采取让步的政策，均能措神州于小康的境界。试观“贞观政要”、“康熙政要”二书所载，为三代下休明政治的实录，实多根底于六经。要之孔子的政治，乃德泽的政治，非功利的政治，利建设，不利破坏；主感化，不主术智；益良善，不益污暴；言一统，不言分割。史书俱在，是无复可疑的。

（六）孔子是一位大经济家。孔子虽罕言利，不求富，何尝不积极注重财政。事实上也如其再传弟子孟子，对世主不曰利，观其“不违农时，数罟不入洿池，斧斤以时入山林，五亩之宅，树之以桑，五母鸡，二母彘”，诸说，辟取资源，皆以生产为首要任务，以农业为国民经济的基础。孔子平日主张，既庶之后，必继以富，教养设施，必在既富之后。谓颜子云：“使尔多财，吾为尔宰”，子贡货殖，诏以一贯，景公问政，对以节财，颛臾不取，告以均平。财散民聚，发身发财，经济原理，入乎其微。而且孔子“尝为委吏，尝为乘田”，会计畜牧，虽未传习，而簿计之学，致富之术，“生财大道”“惠而不费”，岂不深知。其删《书》，存《禹贡》 《旅獒》，删《诗》删《礼》，存《豳风》《月令》。于农田、水利、仓货、足民，皆见其大，岂专门讲贸易，权子母，资本主义者，所能望其项背。近人高要陈焕章，以英语著“孔子理财学”数十万言，风行欧美各国。览这本理财学全书，乃知孔子后二千余年，世界理财家，未有不参考孔门学理者。益知孔子学说包含所以精微。世或有以孔子不见小利，喻义不喻利，不讲劳动生产，都是没能深研孔子学术，才有这样不全面的看法。

（七）孔子是一位大法律家。孔子为鲁司寇，职在司法，对于法理，研究湛深，尝云："听讼吾犹人也，也必使无讼乎？"非深痛人民诉讼之苦，冀早睹刑措之太平世界乎？称仲由"片言可以折狱"，非许以善审判，速判决乎？诛少正卯，宣布其罪状非严执法，惩戒劣绅乡愿，防其"舞文乱法"乎？告季康子"苟子不欲，虽赏之不窃"，非鉴于贪赃枉法，不可为民领导，欲提倡一廉洁之政府乎？"鲁有父子讼者，孔子狴执之，三月不制，其父请止，孔子赦之"，非欲以德礼的良知，感化监狱的罪犯乎？孔子执鲁政数月，"沈犹氏不敢朝饮其羊，公慎氏出其妻，慎溃氏越境而徙，鬻牛马者不储价，卖羊豚者不加饰"，国人卒兴"惠我无私"之颂。可见孔子法治政策，依然含有德治意义。厥后荀卿学说，近乎法家；然学出六经，时说仁义，仍然是儒家的风格。及韩非、李斯出荀之门，法流于刻，实战国当时世主淫威影响使然。至汉张汤辈以吏为师，"武健严酷"，即与儒家划然分界。从此而后，当以法吏为狱官，而民刑判决，不无上下其手。然而观之唐律，永乐大典，大清律例，其条文，纵有繁简之分，然自汉唐迄清，历来法律之规定损益，立法意义隐隐仍存周官大小徒司寇的余风。由此可见，比较开明的朝代，是会采取孔子“明刑弼教”，“罪疑惟轻”的法理的。

（八）孔子是一位大军事家。孔子谓“全国为上”，又云“得算者胜”，又云“太上伐谋，其次伐交”，观爽谷之会，孔子为鲁国先修文事武备，莱夷之劫，齐不得逞。子路问行三军则谁与，孔子答以“临事而惧，好谋而成。”盖作战始计之军事学，孔子平时实所洞明。使仲由堕三都，命申句须、乐颀、随费、善将将也，摄行相事，夜不闭户，道不拾遗，出其“智仁信勇严”绪余，以治乱世，成效卓著。曰以“不教民战，是为弃之”，即谓技术不精，机械不熟，有兵如无兵也。冉有将师与齐战，克之，季氏谓冉有曰：“子于军旅学之乎？抑性之乎？”冉子曰：“学之于孔子。”孟子谈兵，亦尝以“天时”“地利”“人和”三者为言，即军事之“天候”“地形”“民意”，与孔子“足食”“足兵”“民信”一章相表里，皆得军事最高原则。春秋二百四十年，大小兼并，为华夏国与国，相侵略，“无义战”的时期。故《左传》多详军志、兵略、战史。孔子生春秋末，将入战国，战争剧祸，迫在眉睫，安有大知识分子如孔子，当此时，不研究军事这一种知识吗？今天军事家能于中国古者师尚父《韬略》、及孙吴司马法、后世之《虎铃经》,《郁离子》,《纪效新书》,以至近时西来之步、骑、炮、工、辎、飞、探、斥、勤务、海、陆、空诸战术战略,与夫新机械之应用、新战史之例案、平面、立体诸军学,熟而习之,神而明之,固为战将、锐将、勇将、猛将,福将、实无不足。若既有此经验,学识,更以时浏览孔子遗书,及所删订之群经,汇通其心中言外治军旅之真谛,即为大将、名将、儒将、统帅一切,有余裕矣。尝读黄石公《素书》。诸葛孔明《心书》,邺侯唐宗和宋明两祖晚年之论兵,及文成全书等等,与其日记尺牍:知子房、孔明、长源、伯温诸人,唐宋明开国君主,高于寻常将帅者,"敦诗说礼",深谋远虑,得体得人,隐隐皆含有孔子政治教化之深情,用兵之经权奇正,制胜克敌,乃余事耳。当日卫灵公问阵,孔子答以不知;孔文子问策,孔子辞以不知。问孔子者,必素知孔子是知兵的,孔子偏答以不知,必其人不可与言军事学。后世不知孔子为大军事家,犹之齐人犁弥,谓孔子"知礼而无勇。"岂知孔子为邹大夫之子,邹大夫多勇,能抉悬门,身长十尺,而孔子亦长九尺六寸,"知人则哲",知人其难,旧时代固多犁弥其人。故历代诸子百家的记载,很少将孔子对军事学术的理论,加以发掘和研究。这种对孔子不够全面了解的看法,今日是应该补正的。

（九）孔子是一位公法家。孔子所修《春秋》，体制谨严，在当时来说，“微言大义”，字字含国际公理，尊民族，贬侵凌，明报复，许五霸，止乱扶倾，抑强扶弱，鼓吹和平，实在彰明较著。曰会、曰盟、曰朝、曰聘、曰克、曰入、曰伐、曰袭、曰取、曰灭、曰杀、曰弑、曰来、曰如、曰奔、曰至，一字之微，国际定案。有真赏罚，而后又真权威；有真权威，而后有真荣辱；有真荣辱，而后有真是非、真邪正。秦汉至今，中华人民心里，于春秋大义，隐隐沦肌浃髓，无形中的仗义作气，安内攘外，和众柔远，使华夏过去历代几亿人群，逐渐发展繁衍，保障无形。欧洲至近世格老秀斯，始创《万国公法》，与孔子“劝惩微显”之旨，中西后先，遥相辉映。使欧洲于黑暗时期前，早生马可波罗、利马窦其人，挟中国春秋，重译而西，各洲种族，人人得传闻“辞严义正”大义，何至不知“继绝存灭”为何物，往往反复盟誓，弃信背义，不宣而战，视公约若儿戏，置和会如具文。世界人类三百年来，理智进化如此其速，战祸蔓延又如此其烈，文明的乐利，大好的化日光天，长被威胁于国际的野心人，侵略疯狂毒辣阴谋，民族人权，物资劳力，生命财产，都时刻消灭于海陆空耶。

（十）孔子是一位论理学家。逻辑一学，世界成科最晚，程序形成，至今尚在演进，孔子乃于二千年前，早奠定其基础。今中国研究论理者，每引孔子章句语体，辩证真理。如“有德者，必有言；有言者，不必有德”一类，其故可思也。观其“十世可知百世，一隅可反三隅，告往而知来者”，非论理的“演绎法”吗？“必也正名乎”，非“定义法”吗？孔门学分四科，非“分类法”吗？唯天下至诚章，与知斯三者，则由“万殊而归一本”，由“博而反之约”，非论理的“归纳法”吗？知所以修身节。试据论理作概念一图，各概念由小推大，由近及远，有一不“周延”吗？有一相矛盾吗？至学孔子之孟子，其与梁惠王问答，与告子辨性，凡带“证语法”，辩驳辞式，令人不可端倪。与世界因明学者，最新发明之“复式语体”，一一不谋而合。欲工审判，身出使才者，即不懂逻辑能精熟论孟，折狱折冲，无往不宜。近来学校教授国文者，多摹仿东西文文法之提示，以过去、现在、未来，形容其动词、语助等词，学生往往难于领悟。夫欲使儿童知虚字，活活泼泼的变化，文理骨节的灵通，莫若于四子书，说明白而熟读之。盖《四书》的语体，即今天白话文言的语体。今天优秀青年，精通文理者，强半有家学渊源；幼时多读过《四书》。韩昌黎“文起八代”，平生得力孟子、文中子语录，秦汉而后一人，句法俱宗两论。欲使学生子弟，言语文学，平正通达，而舍熟读四子书，其事倍而恐难得功之半。孔子的《论语》，章章节节，其形式精神，即是现在逻辑的论理，此是教文法学文法者不可不注意的一件事。

（十一）孔子是一位大心理学家。研究古今中外人群心理，未有如孔子之用心者。“忠恕”之道，“絜规”之道，犹是耶教的黄金律，贯通人心妙用。人但见其周旋中礼，动容中度，所订群经，立言立德，范围百代。不知其处处发动出心理的精纯。心理学的三要点：是知、情、意。“不逆诈，不亿不信，抑亦先觉者。”感觉的机警，即其知觉的发达，“老者安之、少者怀之、朋友信之。”感情之丰富，即其情绪之扩大。作《春秋》“一字荣于华衮，一字严于斧钺，游夏不能赞一辞”，意匠之精深，即其意志之真刻。“喜怒哀乐之未发谓之中”，见其静时之心理，何其真固。“发而皆中节谓之和”，见其动时之心理，何等功夫。坊间流行的心理通本，只约略说明神经的系统，大脑的动静，意象的反映，愚触的状态，只从生理上，加以物理的解释，鲜能参入丰富的经验，说明其应用。故心理专家者，往往能发表于理论，不能应用于事实，今敢大胆下一结论：人心理系学心理学用三年功，可能不如温习学、庸、论、孟三个月，大大能够会通人类心理的广泛同情心。

（十二）孔子是一位大艺术家。孔子以“多能天纵”，兼精艺术、固其余事。然迹其言行、教化、著述，中国艺术史上，孔子早开新纪元。就论语中所见，孔子一生动容文字、交际，无一不表现一种艺术化。弟子言诗，告以绘事，平生自遣，精工大篆，四教以文学成一科，从政以艺人为得选，“吾不试故艺”，提供自任，“据德”之后，殿以“游艺”，“工欲善其事，必先利其器”，订礼则存“治民”“掌染”“匠人”诸官，于“考工”“游艺”，用意如何深远。盖文艺、艺术、工艺，今日为人群自立、自卫唯一要件，孔子独具慧眼于秦汉以前，而且都见于行动。进一步来说，我国古者，六艺为礼、乐、射、御、书、数六科。以现代科学证之，今日中国法律家认法律起源于礼。礼之终，法之中，法之中，礼所寓也。今日之唱歌，昔日之弦歌雅乐也；今日之枪炮射击，昔年之弓箭执射也；今日之司机、领港、大副，昔日之为仆执御也；今日之钢笔、铅笔、铁笔、粉笔、毛笔、铅石印、打字机，昔日之甲骨文、钟鼎文、刻简书也；今日之算术、几何、三角、代数，昔日九章数学也。史载“孔子弟子身通六艺者，七十二人”，在当日春秋战国之际，孔子犹使门人娴习六艺，与现代文武工艺各校之法政、音乐、兵操、驾驶、书法、算术、图绘诸科，早树其风声。使孔子在今日，他门的弟子全心全意钻研六艺，更当何如。二千四百九十余年来，中间学者，不能扩充孔子六艺的教科，如民族特注重其物质技艺之演进，历朝某些文吏，为了逢迎世俗君主，蹈常袭故，初创经解，继而经义，继而制义，继而试帖，使优秀士人，瘁其全身于诗赋文词，结果只专于文艺一科，如缠足式之严酷枷锁，都于没中用处，发展些诗赋八股畸形。孔子不云乎？“行有余力，则以学文”，历代乃竟学文而外，他艺都不屑学，先进的古国，百科全落了人后，果谁咎呢？

（十三）孔子是一位大博物家。博物专称，中国始于张华，而实始于达巷党人之称孔子。孔子亦尝推子产为博物君子。孔子以生知善述的杰出人才，加以“学不厌”“每事问”，积其多闻多见多识之博大宏通，商羊的动物能识，萍实的植物能知，肃矢之认，欹器之详，未用过博物学工夫能这样吗？甚至儿童来辨日之问，农田别五土之性，在当时是个博物名家，概可想见。今中国解析《本草纲目》《植物图考》诸书，所引《葩经》《尔雅》，在动植矿中的虫鱼鸟兽，草木金石，孔子实早热心注意。惜中国后来只有李时珍、吴其浚注意博物，不生林那其人，未能专家，分其门、类、种、属，成为动植矿的博物科学，为博物史文献的辩证，实在是中华一种憾事。中国的《说文》五千余字，《字典》五万余字，分部之从草、从木、从犬、从鱼、从鸟、从金、从土、从玉，汉字全部，占博物名词，几三分之一。今日亦有留存其名，不能认识其物；也有有些物类，不复得其字者。孔子在春秋时早注意博物。今日博物学科乃从西方来，是我们华夏地大物博，如此古国，而因名求物，因物寻字，往往一些动植矿转要参考到拉丁学名，岂孔子当时所想到的吗？

（十四）孔子是一位大音乐家。孔子于音乐，其深入诚精乎其精者。与鲁太师言乐，始曰“翕如”，继曰“纯如”“皦如”“绎如”。音波音色、高低单复，心入心通，谓“韶尽美尽善”，甚至“闻韶三月不知肉味”，会心之远，岂是寻常。且与音乐家少师阳、击磬襄等，时相往来心印。故音乐家们适齐、适蔡、入河、入海、孔子门人乃详记他们的游踪。孔子孺悲拒见，舍瑟而作，在卫击磬，流露有心，畏匡、厄陈、弦歌不辍，非平日专精于太和元音者，谁能臻此？孔子之订诗歌，《关雎》为《国风》始，《鹿鸣》为《小雅》始，《文王》为《大雅》始，《清庙》为

《颂》始，《诗》三百零五篇，皆孔子删订的乐歌，以求合乎韶武传统。孔子于音乐诗歌，早使用于日用生活，庠序学校，朝聘会盟之间，后世只知于礼留“乐记”，于尔雅留“释乐”，而又有些文人滑口读过，乐章作用，不知所在。考《经》上说：“移风易俗，莫善于乐。”孔子又说：“乐云乐云，钟鼓云乎哉。”如吴季札观乐之言，后世几视为玄谈妙想。秦汉以来，士大夫知音律妙蕴者，不多见其人。美琶胡拍，靡靡郑卫之声，流传世俗，遂酿成惰慢哀颓淫冶的民风。迄近六十年来，步趋欧美学校制度，乃始音乐钟点，缅怀洙泗，何以自解。我国今后，专门音乐者，于修正乐谱歌唱之际，无论宴会、婚丧、学校必当扬其和声，去其杀伐，播其雅正，去其俗鄙，庶黄钟大吕声音，流行市野，导扬民气，改革民风，岂在少补。不然，学校徒有西来钢琴这些乐器，实于发扬祖国民族精神当中，恐不能得充分发挥其和平的效用。

（十五）孔子是一位大卫生家。孔子的卫生保健，随处可以见到。且研究得极其精细，是个卫生的实行家，非只卫生的理论家。《论语·乡党》一章“色恶臭恶不食，不得其酱不食”，滋养食品，色香臭味，研究至熟。至于“肉虽多，不使胜食气，惟酒无量，不及乱，不多食。沽酒市脯不食。”寥寥几语，对于酒精淀粉诸品质的作用，食道肠胃，微细管的吸收，原质消化，营养配合，可以见出洞然明了。当时虽无化验、显微、解剖、生理、细菌诸学，供其参考，迹其食脍的讲究精细，虽近来东西洋人饮食烹调，内外的清洁，彻底的消毒，也不过见到如此而已。今讲卫生者，往往只羡蛋白质的营养性，乃多食蛋卵，渐成软体、痰瘾、贫血诸病，只知脂肪质的燃热力，乃多进猪羊鱼肉，遂生肥胖、中风、疔疮、糖尿、高血压各症，皆未加意到孔子的自然卫生法。孔子乃用天然的治疗，调节生理的均衡，平日燕居却病，实高乎补剂针砭作用。至其仆仆道途，席不暇暖，终身乐道，不知老至。其于阳光之吸受，新空气之吐纳，筋肉之运动，形神之修养，随处见摄身妙用，只要稍深体认孔子平时饮食动作，于卫生保健法不觉多方面来指示我们了。

（十六）孔子是一位大美学家。美学中的美的类型，自形式美至精神美，约分“整齐美”“机体美”“种族美”“个体小宇宙美”数类。孔子平日无时无事不表现艺术美。“趋进翼如”，“席不正不坐，割不正不食，升车必正执绥”，是讲究整齐美。少陈俎豆，长设礼容，考明堂之则，察朝堂之度，是机体美。“逞颜色，怡怡如，私觌，愉愉如。”“温、良、恭、俭、让”，借以闻列邦之政。“望之俨然，即之也温，听其言也励。” “礼仪三百，威仪三千。”是表现生物美。于时人，交蘧伯玉、郑子产、于昔人“祖述尧舜，宪章文武”，是尊重人类种族之美。作猗兰之操，思麟凤之游，是热爱动植种族之美。言行道德，载于群经。见于诸子百家者，生民稀有，实其个体小宇宙之美。是其赞扬“解脱葛藤”之美，以比干之死，列于三仁，夷齐之饿，称以求仁，是其嘉许“悲壮”之美。曰“无求生以害仁，有杀身以成仁。”讲到“登泰山而小天下，观于海者难为水”，其寄情“壮美”又何如。“盛馔变色”，“过位勃如，复位如踧踖，足蹜蹜如有循”，“畏天命，畏大人，畏圣人之言”，其表现优美，又何如。欧美二百年来，康德等书，始知整顿美学。近三十年来，欧美盛称以“美感代宗教”，以“美观新民德”。今我通国学校，只文学院添有“美学通论”，外此无闻。世人处世往往有美丑不分，妍媸莫辨，而黑白、污洁、是非多所淆乱，实不明乎孔子当日处处用情美学的微妙意义而已。

总起来说，孔子学术，所以注意到百科诸派者，皆其知识所含容者远；故一切无不见其大。世或犹以孔子所见过于远大，而近者小者各科应世之学，或非所长。且以其行仁言义学说，在此人类剧烈竞争当中，实有不适事宜的应付。不错，从今天以历史发展的眼光，求之孔子当时言论，和交际动态的形式，似有存在的缺点。毛主席说：“像很多站在正面指导时代潮流的伟大人物，都有他们的缺点一样……这是要以历史条件，加以说明，使人了解，不可苛求于前人的。”盖有二三学者，未能深刻精研春秋当时民族中出色的哲学，可以历百代有不能磨灭者，信笔评论，其过小。使青年学者，不能及时深刻认识，全国氤氲磅礴优卓高深之普遍一种国性民魂，因而动摇其民族历代所发挥的名言哲理，所酝酿而成的神州赤县立国文化之精神，其过大。孙中山先生说：“中国有一段最有系统的政治哲学，就是大学中所说的‘格物’‘致知’‘诚意’‘正心’‘修身’‘齐家’‘治国’‘平天下’的那一段话。像这样精微开展的理论，无论外国什么大政治家，都没有见到，都没有说出。”且孙先生于孔子《礼运·大同》一篇，又大书特书，传播通国，诏中国以诏世界人类。是孔子之“溥博渊泉”，形上形下，可能范畴古今人类各种道德学术于千载之下。亦惟孙先生之聪明睿智，澈上澈下，能深刻认识，执两用中各种道德学术于千载之上。毛主席说：“今天的中国，是历史的中国之发展，我们是马克思主义的历史主义者。我们不应该割断历史。从孔夫子到孙中山，我们应该给以总结。我们要承继这一分尊贵的遗产。承继遗产，转过来就变为方法，对于指导当前的伟大运动，是有着重要的帮助的。”这样看来不仅我们祖国学者读过《四书》，也多陶熔过联苏、联共、扶助工农的“新三民主义”，即东方学者如印度尼西亚苏加诺总统也深认识“三民主义”，可说是孙先生一生外反映世界环境大势，内根据中国历史传统菁华，当仁不让，实践而采择之。于学习马列主义，拥护人民政府政策，融会毛主席思想，提高我们理智，争取人类幸福，巩固社会主义，建设世界和平，各愿望、各计划、各步骤，不无少补。至愿在座诸位领导，各位先生和各位同志批评指正，是柯璜万分企盼和异常感激的！敬祝诸位永久健康，敬祝人类和平不日实现。

华夏吐气集

“九·一八”告日本书

（一九三一年在太原山西大学作）

大中华民国人民，诚恳敬告日本帝国皇帝陛下及臣民左右：九月十八夜，贵国国军，骤在奉吉发生此非公法不光明之举动，果出于贵国上下全体之意志耶？抑由一时少数野心政客、暴横军阀、无聊浪人，所举动利用，乃出此无远虑之冲动耶？敝国政府与贵国政府及第三者国联，亦既连日从事和平解决，贵国前数日似乎有预备退却情形，我全国人民乃忍耐以待我同种同文化利害之邻邦之自决，乃又经旬日，未闻有毅然猛退诚意，而复为进迫，人民等窃为贵国疑，窃为我东亚黄人危，不得不穷源极流，原始反终，痛切为贵帝国皇帝大臣士民一一敬告之。稽自贵国民族有史以来，考之风俗习惯，观之片假和文，研之语言方言，视之肤色姿势，按之服色正朔，皆与我国民族为最亲血缘；及徐福东渡，流传事迹，同根萁豆，益更证明秦以后，我国之福建山东江浙舟人海客，源源漂寄贵国，繁衍种族，贵国父老尚能言之，贵国土人暇夷，内地渐以绝迹，至隋王仁辈教授贵国，贵国优秀子弟入唐大学，中华教化，大行三岛。从此我国南北释宗，先后东去，而印度哲学，始籍传演。日出之国，与日没之国，送往迎来，亲于兄弟，虽元人当局，楼船东讨，开衅贵国，此皆君主与君主私相雄长，我两国人民依然相谅也。明季贵国狗偷鼠窃之辈，虽时扰我海岸，亦明知贵国群盗所为，与政府无涉也。至清同治十年，贵国遣大臣副岛种臣来修旧好，彼此缔约，尚可见我两国之情谊。此后权利竞争之说西来，贵国政府一二喜功好事者，始有异心，乃时与我国开衅，陷我琉球，割我台湾、澎湖、辽东半岛，合并朝鲜；要挟开放奉天大东沟；渐于东三省开埠二十处，既取得路矿，又通牒迫认二十一条，甚至以无端借自卫名，演成五卅五三之惨案；至万鲜以民事起衅，残杀我良民数千，图穷匕首见，酷矣耗哉！无道极矣！然吾民终隐忍痛自刻责，仍曲谅贵国者，诚以敝国三百年来，学风闭塞，而文治武术学科工业，俱落人后。贵国明治维新，先得欧美文艺，敝国以为讲求物质，少数直接西文之迂缓，不如多数间接和文之迅速。自清光绪季年迄今，留学贵国者，年以数千计，而贵国人士来吾国教授者，亦不可胜数，贵国所择欧文成本，敝国借以转译汉文，事半功倍，我华人普及科学，半贵国赐。况乎百年来，远东大陆，及远东群岛，惟贵国首先振起，海战败波罗的海舰队，陆战挫远东俄军，是吾汉文国黄族，尚有可为太平洋之屏障。贵国之强，敝国之幸；黄族之兴，东亚之福也。我国五族人民，实馨香祷祝贵国昌盛，决不忍与贵国计较区区得失。贵国即在吾国，操纵金融、布置拓殖、勾结不逞、投资路矿、吞食存款、暴露其它不法之阴谋，敝国卒容忍包含者，盖恐衅隙一开，为他洲异族所窃笑，为世界野心家做鹬蚌之持也。此次在满暴动，我国人民，及世界人士，当时惊骇怀疑，犹以为必无其事，或传闻之误，或我国无知社会，无意识冲突，偶犯贵国侨民，使贵军忍无可忍而然欤？然今经中外探访，证明贵国之横逆，证明敝国之无抵抗；于今月余，终不闻贵国之悔悟，且怂动我绅民，利用我匪徒，胁诱我民族，满人治满，张仇拒张，以小惠施小民，以大利动奸人，灭韩旧策，又来图满，是则前此之借我巨款，接我军火，非辅助我民国成功，实欲破坏民国统一也。是则前此归还庚款，欢迎留学，非饷输我国文明，实欲侵略我国文化也；是则前此敝国之各政党与各政党、各系与各系，互相意见、互相是非之谣传，皆出自某某贵报消息，是实欲以子虚乌有之谈，借以反间离间我军政党诸界人物也；是则今此之金丹、洛英、吗啡、红丸，无人道之食料，贵国输出开明不禁，世界有人谓此项货物，贵国明以取大利中国，实暗以流大毒华民，以最危险之化学剂，渐以诱成民众之嗜好，流行传染，扰我民生，病我民族，较死光氯气杀人，当不知猛烈几千百万倍，亦非苛刻过论也。我国与贵国如此相依，贵国与我国如此相图，我国民纵不为贵国惜，能不为我东亚辱？纵不为贵国一二好事者告，能不为贵国多数同胞白乎？一隅受战争之苦其祸小，使全球动焚杀之机其祸大。贵国一时播暴横之恶，错犹小；使贵国千秋留历史之丑，错实大；是以不揣愚昧，辗转委曲，透辟一切，为贵国上下诸界严重敬告也。

一敬告贵皇帝陛下：贵国立国三岛三千年，九五之尊，未尝易姓，所谓万世一系，人类鲜有，真可自雄世界，历史光荣。贵皇帝亦当鉴世界国体渐变之潮流，慎其保泰持盈，以自奠安富尊荣之皇极。夫人民科学性益发达，则交通性愈活泼，交通性愈活泼，则臣仆性愈退缩，而平等性愈膨胀，封建制度、贵族制度、阶级制度自隐隐消灭无形，积之久必发生希图打破一切之机心，苟无机会，暗潮潜伏耳。贵国文化可云普及，一般青年之心理若何？人民之程度若何？军人之倾向若何？有无民主精神？有无怨望游民？有无操心积虑，静侍机会秘密之社会？贵皇帝试思德威廉帝，当其脱稿统一欧洲计划，征服世界预算，比田中义一满蒙奏策，尚觉十分精密，半世经营几时涂地，国步沦亡，民黎愁痛；俄沙帝前此专制之威惊殊俗，称雄之誉满环球，出国之师未捷，亡身之祸先成；征辽隋广、囚岛法拿、自古好大喜功之主，外间实大有人图依，然诸帝才略过人，在彼之时犹有此失，况现今民智大开，民族自决，而侵略兼并占领之习，已成过去黄花，即或有所侥幸，要知武人悍卒，建勋于外，必争功于内，论赏失望，便成怏怏，军阀出产，群藩又作，皇家守府，帝国其危，此种未形祸患，虽似出人意计之外，实则在人意料之中；贵皇帝试读近数十年欧洲革命史，远稽数百年东西兴亡记，实觉为帝国难，为人君亦不易，贵皇帝圣慈武，深仁厚泽，虽穷兵异国，小民或无敢革命，大臣或不致弄权。然欲蚕食友邦占领人土，总宜知己知彼，度德量力，乃算无遗策，庶可为家国基长治久安鸿业。无论缘木求鱼，徒劳大欲，即或伪定一时，贵皇帝亦思贵国之民族气息度量若何？语言文字若何？风俗习惯若何？才艺德性若何？姿势骨体若何？忍耐性、恒久性、感化性果若何？与大陆国比长较短，果自信一一若何？昔我国五胡乱华，金辽元清入处，或数年或数十年或数百年，挟其兵戈及其它文字制度风俗以支配我民族，然吾民未为同化，彼族转成归化，卒致身祸种散，其固有之文字语言风俗制度，烟消云灭无何有之乡。后之人凭吊唏嘘，摩挲陈迹，吉光片羽，几如太古代生物遗骸化石，渺焉无存。沸汤解雪，毛发红炉，此我民族取义成仁，用夏变夷，不可思议之伟大精神，实非皮相侦探家、近视政治家，浅陋经验哲学家，想象所梦见。然则贵帝国所谓新大陆主义，即登大陆政策，亦即贵大和族，登大陆自演灭亡悲剧，愿作预言家之铁证也。亲仁善邻国之宝，幸灾乐祸之敌。我人民语短情长，言近旨远，贵国臣民恐无一敢为贵皇帝进此逆耳忠言者。最甘者药石，奇暖者冰霜，他山之石，可以攻错。贵皇帝其亦虚心深为考虑，幸勿终为好事逢君残民之徒所误，致遗帝国千秋万岁无穷之憾也。

一敬告贵国工商人民：年来贵国经济之逼迫，人口之繁殖，物产之昂贵，虽影响大地震之补充，海陆空之筹扩，然人群进化，行为咸趋华适之途，奢侈增高，需要亢进，生活艰难，恐慌岂特贵国？世界皆然，是以法人节产育，美人戒酒烟；持幸福论者，正谋如何调剂，使人类咸永享和平。而贵国不谋正当之解决，于商、于工、于学、于艺、于政治、教育乃转高唱新大陆亚细亚大帝国诸主义，以为诸界前途梦想之乐观，公然于报纸上教育上章奏上宣传披露其支那地大物博国纷民愚，以惹起贵国登大陆非常之利欲。诸界细思我国自与世界互市以来，凡贸易航运交通投资租借诸利益，不特与贵国民无彼此之分，世界各国咸利益均沾，诚以大陆国人民厚往薄来，度量休休，向不屑计较子母之赢虚。贵国四面环海，与敝国一衣带水，贵国诚能佳妙工艺、优良商品、精制渔业，饷我华人，彼此贸易。源源而来，常常而去，两国平安，利源莫大。我两国若弃前好、互相图谋、海陆封锁、经济绝交、贵国之工商业先受影响。且亦知我国民族热情性，与贵大和民族之樱花性，处处相同，请观中秋灭元种，偏师逐顺帝、辛亥改国体，何等神速？何等悲壮。革命二十年来，南北东西用兵，为复辟战、为帝制战、为宪法战、为军阀战，前赴后继，再接再厉，无非争我民权，皆以见华族慷慨精神。比之法革命军、美南北战，同一激昂。其失败也。淡然远引，飘然高举，葛藤解脱，终无流寇暴民之流弊。国情士气，真相可知。况乎年来兵燹频仍，全国平民自由自卫、出入生死、肝胆轮囷尤非昔比。贵国如必实行奢望，祸心叵测，我国即洞开门户延接诸界。侨华杂处谁能保险高枕乎？贵界人民，真能咏适彼乐国，适彼乐土乎？从来国衅一开，兵连祸结，不特战败国人民愁惨，即战胜国亦苦痛难言。欧洲大战以后，寡人妻、孤人子、独人父颠连动地、哭声震天、破瓦颓垣、凄凉触目。迄今旅行法国，而女众于男，无夫之妇，到处皆然，德境奥地可知。贵国岛崖环海，风景佳丽，所谓世外华胥，人间天国。风声水影鸟语花香；满眼生情，一尘不染；贵诸界真是几生修到，乃忽欲赴征登陆，应召从军，客路悠悠，关山险恶，供帝国虚荣，武夫奢愿，谋臣策士不安全非正义之牺牲，到底果谁受其祸耶？贵工商人民诸界当为通盘计算得失利害，何吉何凶，何辱何容，何去何从。如必听其自然，盲目服从，陷乐利境于烦恼场，殉谬妄心于悲观界，此则民等为敝国现在自身计，不得不为贵国诸界大局虑也。

一敬告贵国文武大臣：民闻之，人臣谋国，当以忠以信，为一时冲动计，不为百年长久计？为私人功业计，不为主上安危计？为贵族权利计，不为平民祸患计？为小数意见计，不为世界均势计？不忠也，以小利诱平民，不以大义定国是，以强词夺理欺世界，不以忠诚老实处国际；以占领破坏和平，已善战迎主意，以伪愤作士气，以强硬抗国联，背公约，非信也。不忠不信，何以事君？何以临民？诸大臣竟妄自菲薄，使贵皇帝冒世界之非法，为黄族播奇辱，为东亚造杀机，窃为诸大臣不解。试问我国国体改革，二十八行省领土，非我人民之领土乎？我国东三省人民，其能作敌国不解放之臣民乎？我国全国民情士气，犹是数百年前之印度民族、波兰民族乎？我国一切政治敷设，犹是前数十年之硫球、朝鲜、暹罗、安南乎？犹是甲午、戊戌、辛亥以前之八股小楷，弓箭刀石知识乎？我国与贵国种族同、理想同、聪明同，贵国维新三十年，能抗欧俄，我国以二十年革命，战争激烈，军师团旅，实地操演，犹不可对外自卫乎？诸大臣皆于历史政治军事心理诸学早在精研，处现在国际，宜大开心眼，上下纵横，归纳演绎，人有人格，国有国格，人有人德，国有国德，方能于国家、于社会、于国际、于子孙、于世界、于历史做出堂堂事业。自古皇帝有辟土迷，军人有用武心，青年有喜事热，政客又立功癖。利欲驱人，猛如万火，萃喜功图功争功之上下于一朝。未来危险本难逆料，且贵国与我国万不可以宣战，战而我国胜，以大陆国征服岛国，不为武；贵国而胜，一时限于东亚的均势，贵国其又将如何？贵国若必欲破均势之局，抑岂独敝国之害？古来兼并邻国土地人民，必其邻国政教积习腐朽，未有若此之甚，然后借吊民伐罪，应天顺人之说，以迎合其民情。乃我国建设伊始，由军政时期而入于训政，青年群众在欢欣鼓舞，徐希诸政次第之形成。我奉吉黑三省亦事事更新，而贵帝国竟出此意外行动，酷似海寇大盗行为，为国际绝无仅有之创例。夫一人或数人，行劫村间，竟为众所共弃，若以国家为劫夺之行为，世界将目贵国人于何许人？贵国于何许国乎？夫强暴忽来，一时良民固受其惊恐，然渐而久之，未有不伏其辜者；实为人类之公理正义所不容也。诸大臣试玩味世界之舆论，亦可见世界之人心，对于贵国菲薄不齿之态度，亦已形于色矣。前华盛顿九国会议，于满洲之限制，列国于贵国，固早有意制裁于其间，贵大臣亦知昔日西方赤血主义，军国主义，与今日东方新大陆主义，遥遥相峙，赤铁败亡，前车不远；白俄流落，殷鉴非遥。当局者暗，旁观者明；一字一泪，一语一血；此心此理，相通息息。贵大臣其平心静气，三复斯言也。

一敬告贵国哲学人士：贵国与我国文化学术，汉文和译、和文汉译。自昔及今，授受亲密。天涯比邻，异地同心，间接直接，究是神交。敢不披沥肝胆，略尽会友辅仁之义。吾人所贵乎士者，以有宇宙观、世界观自哲学观，方能打破一切成就一切。不能为宇宙观、世界观，亦当有一般直动物观。百年之历史观人生观。芸芸者流，皆为功利观、物质观、小我观一时所蔽，此民族所以时自扰乱、五贼三盗出没于人群心理，人群自古所以多愁痛、少快乐。前此欧洲俄德白人，其近鉴也。贵国自明治新大陆主义生心后，而贵国之军人贵族政党，渐受魔醉、渐被催眠，而大脑中多潜伏劫夺狂、侵略狂、货利熏心狂，逐渐而入神经病理状态，积久将入膏肓不可治疗，我国从此多事，贵民族未来大局堪设想耶？贵人士目光高远，明镜止水，医国岐黄，觉悟人群，责无旁卸，诚能及时下剧痛针砭，投清凉丹散，或可妙手回春，回天有望。夫人类握手提携，最后当然黄白两族，中日能亲善，日为海军港，中为陆军国；日为工作厂，中为售品场；日为渔业场，中为农产地；以有易无，互相补助；同伦同轨，唇齿相依。永得与欧美齐驱，白黄竞美；时以稳定太平洋大局之和平，鸡犬无惊；长饱农田余粒。鸢鱼自乐；永闻弦诵和声，岂非远东儒家快事。且贵人士读孔、孟、耶、释、陆、王、苏、达、罗、陶、马、巴、列、孙诸先哲书，尤望本忠恕、仁义、博爱、慈悲、良知、人权、正义、最高纯理哲学诸原则，著书立说，唤起真、善、美、进化、平等之认识。同根自不相燃，同室何须反目。同舟共济，同德一心。果如此，则全球之对于我黄人中日两国，又当如何钦哉。他日我两国人士，彼此尽吸西人实验之学理，系统东方阅历之成案，整理辩证，融会贯通，则我两国学者必造出东亚西欧，第三新文化。折中世界，帝国民国，并行并育，春台浩荡，太平同登。他年故老美谈佚史，徒见此疆彼界，乐业安居。而消患未然，弥兵无形，谁知今日皆诸人士鼓吹学说，调剂国情之力耶？旋转杀机，匹夫有责，生成景运事在人为。贵人士其好自为之。

国民至此言尽矣，情竭矣！只遥望贵皇帝臣民知其福，想及祸；见其乐，顾及苦；知其荣，念及辱；谋建设，尤防破坏；综现在，尤计将来。换言之，贵国之快一时，吾国之愤全国，第三国之不平，世界人群之公敌。况今日是交通世界，非闭塞世界；光明世界，非黑暗世界；非战世界、非军国世界；民权世界，非君威世界；我中日两国一动一静、一进一退、一义一利、一邪一正、实惹起全球之注意。贵国果能宁静恬退行义守正，是诚黄人之福，亚洲之幸，人类和平大有望也。民愿代表六万万黄人，向贵皇帝贵臣民，九顿首，祝贵皇帝无量寿，贵臣民无量幸福。如其反是，是贵国甘为戎首，敢于破坏和平也，是不以同种同洲为同利害也，是专以侵略邻国为唯一之大政策也。是必欲乘我大水灾，以报我昔年赈济大地震之役也，是以我最透辟最痛切之忠告，视我为敌人之诽谤也。执迷如是，天祸黄人，尚复何言！不然，或贵国本欲和平退却，因保护侨民，或被迫于军人，或事已至此，势成骑虎，欲罢不能，彼此牵制，致成僵局欤？然勇于改弦，轨迹共谅；收回成命，岂失感情；不然，贵国或者深虑我国革命以来，内战迭起，天灾人祸，风雨飘摇；袖手其旁，陆沉万劫。而故为霹雳一声，造一惊天动地之敌国，外患兵谏，以玉成我新气象之新中国，而所以着着进逼，以待我国和平统一，根基巩固，乃忽然画龙点睛，完我破碎神州，则是贵国深情厚谊，上搏云霄。我全国竟栟懞于不识不知之中，而徒哗然作无病之呻吟，冒昧之罪，真不值贵国上下一笑，望贵皇帝臣民有以原宥也。

初版附题：此书当时一面登北方诸报，一面直寄日首相犬养子远，已转交该国国会，惜犬养氏被刺后遂毫无结果，仍继续演出“一·二八”惨剧。日人可谓大愚不灵，大惑不解者矣。

柯璜识

日本首相犬养子远接柯璜

《“九·一八”告日本书》后回信有诗：

百虑谋犹拙，一言迷自开。
忌心都去尽，何复病尘埃。

注：日首相犬养子远后被日主战军人刺死。

“一·二八”告国人书

与国中父老兄弟姐妹商榷，今日本自身有危险十二，我宜及时踊跃沉毅解决民族百年大计书。

（一九三二年在太原山西大学柯璜稿）

全国父老兄弟姐妹赐鉴：天祸东亚，日本肇衅，四亿五族，不遑寝处。天佑中国，万姓同仇，列强公愤。除暴御侮，千载一时。三岛此次敢于暴行，犯我大陆，彼实昧我国情，自忘国势。其危险要点，约有十二。精密逆料，日终必败。谨为我全国一一解剖、分析、预言之。日本自明治以来，经中和俄战争结果，言论界竟有推为东方英，国际竟公认为一等国，彼亦庞然自大，处之不疑。究之英虽岛国，所以能得非、澳、印为属者，实于数百年前未开民族，易以慑服。然于欧陆，终未能一逞。盖海陆异势，文野同科，何能得志。且日本为岛国、为海军国，我为大陆国、为陆军国，海舰难于行陆，其陆军亦苦渡海，海军将减其效用，其陆军亦变于不武；战舰入江，投炸易中；战队登陆，其心自寒。有东方英虚名，无西方英实力。是失东方英机会，彼终不悟。穷兵黩武，盲然上犯，其危险一。

古今战略，主客异势，劳逸异机，曲直异壮，生熟异强。日本驱迫人民远渡，师出实在无名。与我二十年来出入生死，身经百战，堂堂大陆东道主相周旋，兵家所谓“投之危地则生”。又云“忿速可侮也”。又云“抗兵相加，哀者胜矣”。形势如此，魏武所以终厄于周郎，苻秦所以卒困于谢安，拿皇俄东之败，元帝海中之挫，自古已然。日终必败，我终必胜，可无疑问，其危险二。

世界二百年来新军事家，高谈科学，重恃军火。所谓一寸长一寸强，此调几高唱入云，世界之武明国，久奉为操胜圣典。今敌军装备之整齐，食品之卫生，器具之壮丽，眉样入时，颇得文明军气象；复令武备校、讲武堂之讲授教师，及素著兵书之老宿将，统率全力之重火器，重炮、炸弹、飞机、铁车、战车、毒气烧杀物，自以为战无不胜，攻无不克。识者细察此项军队，有骄气，无远见；有敢死心，无彻底观；有机械力，无仁义性；有战斗姿，无实经验。秦政收天下利器聚之咸阳，不能敌陈胜等之竿木；德威廉二，秘制精锐战器三十年，卒以败亡。老子云："人多利器，国家滋昏"，"强梁者不得其死"；"怯生于勇"，"弱生于强"。今日本皆备，其危险三。

催眠术早盛行于日本，其对外一切军事、外交、新闻、政治、教育著作，皆用催眠魔醉，渐以行愚人政策。苟非优良民族，举头天外，未有不坠其术中者。览日本诸书，自诩优长，远过中国，时发表于讲武演说，及各科讲义中，甚且专著立表，比较列国之经济赢虚、学术民情之优劣、陆海军之强弱。相形之下，每列己国于一等强国，置我国于不列等之例，如此酝酿，将及四十年。所谓一盘散沙，五分热度，东亚病夫皆为日本制宣传战标语。间有大受催眠，真以为中国与日本一切不能比例。于是一唱百和，彼日不得了、了不得；日本军事学知识甚高也；日本军备甚足也。此曰无办法、没办法；中国民气国术真稚弱也；中国子弹药全国动员，诚不能与日本抵抗旬日也。夫旧古国与新进国，初相接触，其国民心理本有自尊、自卑、自重，次第三种变态。其初为自尊期，不受催眠；继为自屈期，最易催眠；终为自觉期，转不受催眠。不知我国与东西虽接触文化，多数几知识分子，从未入催眠一期。日本正酣醉于武力侵略神圣梦眠中，以为吾族已被催眠，可以兵恐，可以威胁，可以侵占。而白黑偏师，犹能抵抗旬月。欺人伎俩，黑幕全开，犹掩耳盗铃，自愚愚人，必达一败涂地惨境而后已，其危险四。

中日战争，俄日战争而后，日实忘却自身究为如何程度，亦不知中俄现在为何等能力，故侵略大陆观念，无日相忘。试思清季咸、同、洪、杨后，距甲午三十余年，所剩将帅，皆八股词臣，防勇皆湖湘老弱，新军未练，战舰几无。日本适已维新有日，颇知欧美战术，故一时取胜。俄十数年前，亦为老大帝国之末造，大革命已逼眉睫，上下腐朽，与清末同，日战胜之，亦寻常事。况当时日俄相厄，日本已举国彷徨，胜败只间一发。其沉没波罗的海舰队，以当时俄舰经太平洋，劳师远袭，不知地势，冲绳群岛及南洋一带，岛屿海峡，星罗棋布；日本战舰炮台，潜伏出没，望之不见，听之无声；以暗击明，以陆攻水，以主袭客，胜之不奇。今天日政府以为三十年前的侥幸一胜者，仍欲援例再现于今日之我国，其危险五。

善用兵者修道，“将者仁也”，“战德者胜，恃武者灭”，“全国为上，破国次之。”“祸莫大于不知足，咎莫大于欲得”，皆兵家之明训，反之必败。日本受中国教化几两千年，自藤原惺窝、林罗山二氏，大昌朱学，后中江藤树，井上哲次郎等继起，提倡阳明之学，良知之说，大行三岛。谓良知即天理；良知即道心；良知即明德；良知即真吾；良知即天性；良知即诚、即道、即仁、即光明。其全国学者之深汉学，及研究东西哲理者，确认识人类实践正义，扩充良心。于人格、于国际、于历史上，有无尚之光荣。对于一九一九年威尔逊《和平宣言》，一九二零年国际联会，一九二八年《非战公约》，质之物我一体，内外莹彻，良知说之大原则，其国民应无有不赞同者。此次日政府任动物性冲动，与大陆同种同文祖国，以残杀劫夺之苦痛，已为朝野反对党所非议。如两国相持，复经几次剧烈战争，其二十万常备军行将用尽，应战者即为预备军，后备军。同时下令征兵，征兵令下，其全国自生一种愁苦心理，愁苦之极，良知愈激。然以为中国于我何祸何怨，政府于我何福何恩。欺凌政策，劫掠行为，使我远填沟壑，涂血他乡。至是不特左翼派之舆情袒我，而全民悔祸，士卒生心，倒戈释甲，难进易退。征兵筹款，障碍丛生。求和不可，进战不能，其危险六。

日本政权，外重内轻，君主已形孤立。璜前数月与昭和一书，唤其觉悟，语语透辟，又请其内阁犬养子远从中委曲绍介。犬养氏前赠璜书有云：“百虑谋犹拙，一言迷自开。”又云：“忌心都去尽，何复病尘埃”，颇有旨趣。氏深于汉学，有儒家风，似可与言者。迄今犬养氏只有被其国中少壮派忌心的迷梦，终未一觉，必为政友会民政党，及其它政客军人掣肘可知。内阁孤立无援，皇帝尸位可知。一赵高而秦二世亡，一宇文而隋杨广戮，况日本之新式权利英雄，充充满朝，以群众之文明贪夫，环绕其孤立之文弱皇帝，其危险七。

日本四十年来教育，及其军备倾向，大集重心于侵略二字，多数暴徒，利心磅礴，已达沸点。“九·一八”占领，以数小时得大侥幸，当时其军阀兵人，不知得多少非分财产，传闻其国无知武夫，贪戾穷人；未染指者，必益生其攘夺自非心。沈阳之利如此，上海何如？东北胜利，东南可推，乃引起平时所受教育之支那富足，支那懦弱，一时戾气杀机之勃发，竟现今日“一·二八”之沪变，而最后安危利害得失荣辱是非顿然相忘，其危险八。

明治维新，经大正昭和三世，以穷小指岛国，摹仿文明，比赛欧美，加以大地震之筹补，海陆之布置。外强而实中干，到处蒙马虎皮，国中生活，经济艰难，群情紧张，无可讳言。今又若陈师于外，相持不下，出师祸国，已等穷寇，取用于国，财政益绌，因量于敌，恐终未能；况复战争一发，国际经济次第绝交，资源受制于列强，工厂倒闭，游手日多，生货不入，国产无出，专取资于劫夺，殊为可虑。夫“不知军之不可以进而进，是谓靡军，知可以退，卒不能退，是谓穷兵”。吾国只从容作战，动心忍性，沉毅以待。不几何时，其后路其半途生计金融，人心士气，自呈险象。其危险九。

日本士官振武诸校，我国军界时留学其中，彼以为教授之步、骑、炮、工、辎、勤务诸术，程度若何？技艺若何？深浅优劣之间，不战而决。岂知中国立国大陆，有史以来，历年五千，经三十三次大革命，无数大战争，大陆上之用兵，夷险奇正变化，不知不觉自然遗传于民族，演为神妙竞存之本能，虽光武之经生，曹操、萧衍之诗人，诸葛孔明、王阳明、曾涤生之理学书生，刘季、朱元璋不识字之匹夫，其临阵玄妙神武，经权常变，岂今富贵气、机械式、科学家之军事学所能梦想。读皇帝、李法、周公、司马、孙吴诸书，其散见于《阴符》《韬略》《素书》及周秦管、老诸子者神而明之，叩之不穷。留学彼国，不过有志之士作临时旅行游历，实于高级军机，固无所取法也。“知彼知己，百战百胜。”日本既忘己短，又忽我长，其危险十。

日本民众近来与世界及我国已熟交通，对于封建时代之阶级制度，贵族制度，早存厌弃心理，机势未至，隐忍潜伏耳。辛亥我国革命，日人在吾国教育界某某对我们相庆云：贵国何幸已作民主先进国，欣喜之情，溢于言外。年来交游东友每谈及我国改进国体，不觉作两腮流涎状态，盖专制国与自由国较，苦乐益见，得失自知。我国一致始终抵抗，若再延几何时，其全国之怨望生。再延几何时，其全国之仓皇起。再延几何时，其全国民族龙蛇起陆，大变化之杀机发。其青年革命英雄，与其合并国及其属地之恢复志士，实隐隐望我持久用兵，玉成彼等下手之时机。一九一七年俄国之革命，一九一八年德皇之退位，其前车也。然其皇室军阀，终不之悟，知对外忘防内，知争保无谓之虚荣，不知消弭无形之祸患，以强末之国家，侵略兴之民族，诚昔木筌所谓“狂寇终立必败地”。此之谓用兵之无算，其危险十一。

日本自陷琉球，属台湾，并朝鲜，南洋略占优势，英于远东权威，俄于亚洲局面，美于太平洋航路，及列国之有东方群岛属地者，莫不大受影响。前次欧战结果，德东亚之布置，均入日本之手。今又第一步侵夺东北，第二步袭击上海，以控长江，包藏祸胎，路人皆知；若再进一步，实于英美荷法俄东方已定之局，必生意外变化，故列邦现在对日，言论态度，渐形恶化，其国际上下不幸一接触，破裂之媒介转瞬爆发矣。此等酝酿暗潮，日本明知故犯一往直前，不知悔祸，古今历史，凡独夫国，暴横寇，飘风骤雨，倒行逆施，未有不受群诛之败亡者，其危险十二。

今日本自身已暴露有十二危险，而不知一检，乃图扰我，大可言战。我国国民，诚出货出力，购器制械，共难共济，下果决心，争最后胜。知有国不知有我，遑知有你有他，知有敌，不知有生，遑知有利有害，静以镇之，整以待之，避长击短，用优隐拙，辱之使愤，退之使骄，或歼挫气，或释示恩，论理令悔，持久令变，时用我间，防彼所间，大胜不喜，小挫不馁，东南不逞，东北可退。然樱花族，惟岛民性，骠悍轻浮，莫甘忍耐，寇未得志，自谓奇耻，经营几时，卷土必来，我国于是，百万健儿，廿年汗马，选彼精锐，兵戎再见，正式动员，如明戚氏，凶顽聚歼，再接再厉，俾终悟悔。上国天威，不可侮慢，中华神圣，难与用兵，乃消戾气，用志所惩，东方牛耳，醉梦自醒，我乃怀柔，如初相敬，海波不兴，一碧万顷。我乃尚公崇实，戒奢励勤，公建工厂，集资公司，招聚工徒，聘请工师，鸿基俱举，十年有成，再备几时，空军建成。廿年之间，债务还清，又越十载，海军建新，铁道商轮，同时递进，贵工重农，翼教作人，系统旧籍，融汇新知，炎黄德慧，面目重开。普天万国，厚往薄来，熙熙浩浩，同登春台。吾侪小人，重排笔砚，生涯翰墨，皆大喜欢，饮太和汤，同乐易友，献太平颂，作击壤歌，足蹈手舞，长游戏于白日青天，人生到此，快哉快哉。

录二版附题：璜以衰老之年，久不知国事，况于军事，惟时闻朝鲜及东省青年志士与知识阶级多次频遭惨戮。平民长被压迫，偷生忍辱，颠运愁痛，而日本得寸进尺，得陇望蜀，野心勃勃，未有止境，此诚黄人之厄，东亚之祸，惹起全球注目讪笑，又开一二八沪衅，璜惧栋折榱崩，桥将与压，不觉激于良知，当时仓皇下笔，商榷国人。迄今细考三岛国情，往往不出当日所言。而我国对付预防，非如是如是，实不足以复兴民族，保亚局和平。政府年来积极政治，朝气现象，已快人心，私喜之余，乃检箧重录昔年旧稿，以质有心国事诸大君子。

此先后二篇告日本与国中书，登载各报，当时日人非日人或有不信者。然今思之，多所偶中。总之天下事，用冷静头脑作局外旁观，然即在局中人亦能作如是局外观，虽不中亦不远。盖思之能诚，则明之自显也。

柯璜识

敬告日本军民同志应运速起大革命书

（一九三八年在四川重庆云顶寺作）

中国人民敬告日本国内外军民同志左右：诸君平日有多少痛苦，皆怀抱改革贵国政体国体热诚者。今世界大势所趋，千载一时，时乎勿失，毅然断然行其革命手段，可以得必然胜利之成功者有七大胜利：一恢国格，二救人民，三畅国货，四振国魂，五新国运，六雪国耻，七和国际。如其不然，贵国将蹈必然之失败危险有四：一内外崩溃，二亡国弱种，三登陆军人，生还无日，四数世人民陷入悲愤愁痛境界是也。诸同志身处局内，洞若观火，何待第三者借箸而筹。然不能已于赘述，所以尽忠心忠告，愿早日静东亚杀机，促世界和平耳。一九一四年，德意志肇兴战祸，随而兵疲力竭，粮绝民困，俄倾存亡，千钧一发，当时兴登堡，厄培脱，奋臂一呼，威廉退位，国转以安。俄沙皇劳师袭远，民不堪命，而列宁、斯大林先后乘机，易帝制为苏维埃政府，尽改社会旧习、地主制度，推行新经济，十年之间，大开苏联新运。今日本以古老帝国，过去黄花，若干暴徒，攫攘教权兵柄，毒辣独裁，魔醉了军民上层基层全盘精神，从事不正义不道德之黩武，悍然为国际人类大盗之行为，民间愁痛，国情闭塞，哭声啼痕，流行全国，起义机缘，时势成熟。英雄救世，不于此时发动，将于何时发动耶？快刀截铁，迅雷疾风，此时此责，岂异人任耶？

何以言革命？一，可以复日本国格也，人有人格，国有国格，日本明治维新，继以大正昭和，数十年间，兴学通商，劝工讲武，贱货御侮，励精图治，艰苦卓绝，由次等岛国，跃进一等强国，国格可谓成矣。今乃出师无名，登我大陆，每入一城，几无节制义勇之队伍，乘势蹂躏，兽性勃发，屠杀残酷，书罪难穷。犹复矫挟国令，假装面具，剿共平匪，组南北合流政府；成个东亚中、日、韩合同体，东亚新秩序；粉饰其奴化灭支事实，转大言以华制华之掩耳盗铃，千奇百丑，国际腾为笑柄。罪恶滔天，声名狼藉。使吾国不论城乡远近，贤惠老幼，人人都有“时日曷丧，予及汝偕亡”之感。国际主张人道正义者，提及日本军在华暴行，疾首痛心，无不怒形于色。二三世递演文明，一两载形成蛮野。人自失其人之道德物望，则人格丧，国自杀其国之权威声誉，则国格失。国格丧失，何以立国？今贵国同志，果慨然参加于反战集团，和平阵线，出谷迁乔，名正言顺，乐利光荣，其何如之。国誉恢复，国格自转庄严。语云：“当断不断，反受其乱。”又云：“高贤愉愉，万民所怀。”此为必得胜利之成功者一。

何以言革命？二，可以救日本人民也。国民之盛衰苦乐，系国家之兴替存亡。日本自侵兵上国，至一九三八年四月，海陆空军费，已耗至百三十亿。最近新年度预算，将超过二百亿。一九三九年，以至今日，递加成数，不列其内；征集全国丁壮，今已至三百万，工役与输送不大与焉。美约翰逊公使，前回国报告，云贵国战殁兵丁已五十余万，伤而残废者，与近数月所死伤者，尚未计入。在华常驻兵力，现三十余师团，每月补充三四万，或五六万，今国内预备军及训练军，统计已超过三百万。现又征及童军，在外暗中加紧训练，民众陆续西来，牺牲尽量，疲惫困顿，将穷应付。何时休战？未能主动；人财两失，莫可言状。欲以几岛小数民丁，有限资源，图穷匕首见之孤立国，与地域广大，物产丰富，人口繁众，建设万端，意志集中，力量集中，苦干穷干实干多助之大陆国，作苟延持久之挣扎，冒险行为，孰过于此。汉口、广州、上海、山西、河北、河南、绥远等地，假皇协军次第反正，各方组织临时叛日，甚至奋身手刃将官，通电中外，且有集团切腹自尽，对国明心。他如斋藤隆夫，训子沉痛家书，植进上尉，对众平心广播，同样事实，屡见不一。军人何以到处反战？平民何以到处厌战？国内外忧愁激悲愤空气，何以时充满暴露于日记？军情，书函，旷野，码头，愤辞明书暗投，不知其数。谁无理智，谁昧良知，谁愿无生。贵国伊藤校所谓，可怜无数出国良民，肝脑所涂，不如猪犬。中山觉所谓，驱七十年忠君教育，供小数暴徒，一时狂嫖滥饮，穷形尽相，描写无遗。仍若不知知难而退，愤战而下，贵国上下，真是一日九回肠，吞声不敢哭。诸同志顺天应人，解放七千万倒悬之生灵，岂但日本人民同心爱戴，全球十八亿圆颅方趾之俦，皆将额手相庆。祝我诸同志早日完成大业，语云：鸿鹄高飞，一举千里，羽翼已就，横绝四海。此为必得成功者之二。

何以言革命？三，可以畅销日本国货也，日本近年工巧物丽，货精价廉，世界欢迎。自过去田中等阀以图并东亚，独霸太平洋，为世界争雄第一步职志，扩海陆空，威胁欧美；打破一九一九年《和平宣言》，一九二〇年国联会议，一九二八年《非战公约》，悍然为国际贸易、为人类生存巨蠹。世界于日商，不觉激成恶感。现金购货，经济绝交；经济制裁，经济报复；舆论所播，不约而同。印度圣雄甘地、诗人泰戈尔，第三国际之马努斯基，皆大声疾呼，起不平抨击。推原其故，实贵国皮相之支那通，躁妄之军事家，贪利之浪人群，迷于辟土，癖于喜功，自相号召，真理所不容。况乎贵国一切投资民款，军用移挪；原料进口，均率日减；现金枯竭，狂跌日圆；银行准备，寸金不存，滥发伪钞。天津又败，出品渐庸，销行路窄；抵制日货，四面楚歌。贵国素占世界第一位之人造丝，近来出产已不及三分之一，其余可以类推。日本为工商国家，国内商品商资，滞销空乏，日甚一日，即说明国家生机命脉，日蹙一日。中国遭此空前劫杀，人人无不目日货为仇货，名日钞为仇钞。近邻最大商场，竟又自行破坏。贵国无论生货熟货，此后无望出超。同志诸君，一怒与世界更始，世界莫不晓然于诸同志之整顿国家，实出和平理智之激发，此后流通国货，为民主，非为军费，贸易生涯，转瞬无形恢复。语云：虽有智慧，不如乘势。此为成功之胜利者三。

何以言革命？四，可以振日本国魂也。形体不自由，毋宁死。全灵魂不自由，真是痛更浮于死。日本古来之大和魂，本无我相，亦无人相；日本之武士道，忠实朴厚，且重礼让，与中国古代习射之礼，多相仿佛。此魂此道，精神如何弥满？海阔天空，一如春到人间，樱花满地，处处自在庄严。圣德太子，源源输入儒释文明，朱舜水又提倡实践道德。四民身心，益加发育。自明治贯注侵华教育，万般酝酿，全国民臣，变化气质，永踽踏于一贯传统教材暗示之下，知小利忘大害；知权谋忘正义；知怀宝可喜不知摸瓜可危；知中国地大物博，可以拓地殖民，不知中华正惟地大物博，足以长期作战。贵国是主唯物派，讲致知学，富感觉性。如犬养、高桥、西圆寺等功高望众者，提到侵兵大陆，稍形其审慎周详意见，非置死地，即受攻击。在工农商学政军诸界，明知不速息战，兵连祸结，不可聊生。然而谁敢复言休战，谁敢提及复员。诸同志果能回鞭释甲，全线官兵同伸义愤，率师归国，人民自必拍手高呼，欢迎道左。语云：为虺勿摧，行将为蛇。又云：削株掘根，无与祸邻。能得群众之心，乃成不世之勋。天时人事，俱属诸君。此为必得成功之胜利者四。

何以言革命？五，可以新日本国运也。贵国以天照大神万世一系相承之绵延国统，一百二十一世。至德川还政，迄今维新，又历三世，国运不可谓不长。近三十年来，罄全国国力，从事所谓大亚细亚主义，历年生产，涓滴均集于海陆空系统之计划，民膏民血全收军库。青年优秀均入武堂；举凡学校工厂经济农业，尽向心于侵华、防苏、抵美、制英之企图，重武化轻文化，讲武明忽文明，发盗心蔽良心。东亚本无事，竟自扰至于如此。致美毕特门提议扩大军事事实，苏斯大林倍蓰坚强海陆红军，答复挑动战争国。英劳合乔治呼吁英苏真诚合作，监视世界之戎首。莫洛托夫又大宣苏联反侵略外交政策，执行其忠实援助，为正义人道，为民族独立自由奋斗之国家，建固其和平之阵线。乃贵国昏黑官吏，军警，且积极在我东北四省，及各沦陷区之据点、路线，任意贩毒、种烟、毁校、屠杀、绑票、逮捕、株连、宣淫、暗探、收没、射针、注毒、秘密公开，无天无法，自厄国运，莫甚于此。昔某国人著书评论日本，中有标题一则曰：日本民族近来之动摇。再则曰：日本之黄金时代过去。终则曰：日本正表演制造悲剧之命运。观中西战争兴亡史，秦以统一伊始，苛政失常，子婴二世而亡。隋以全盛天下，征徭不轨，杨广及身以灭。拿破仑、威廉二，武备战略，不可一世，权威震世界，杀气弥全欧，不旋踵，庙社为屋，身为刑虏。然四国当日，实未尝与被侵略者，以极端卑污之惨酷，而被侵略者，皆未必有民主团结之精神，革命建国之气象，而他四国当日皆中生变故，国运不可以挽回。今日本自一九三一年“九·一八”一九三二年“一·二八”起，至于今日，时高唱其对华作战，就是对英苏作战，欲征服世界，先征服支那之口号，造作多少不名誉、不经济、不人道、倒行逆施之因素。前顾茫茫，悚然毛骨。后此日本命运，实所难言。野心党徒，明知国难严重，势成骑虎，然而中途不有非常事变，实难自下。故近来渔区不遑争执，鼓屿试探停顿。德、意未敢明参同盟，夜郎好梦，似觉将醒。语云：足寒伤心，民怨伤国。又云：操刀不割，失利之期。诸同志忍视群阀行凶，致坐视国运颠覆。去几辈纳粹暴徒造千载光明幸福。功首罪魁，何用再计。救亡兴国，万姓喁喁。此为必得成功之胜利者五。

何以言革命？六，可以雪日本国耻也。耻莫大于犯祖国，耻莫大于彰秽德。驱七千万理智民族，效死于盗贼劫夺之行为，试一作清夜局外之批评，为什么打中国？打中国对处在哪里？发现良知，汗颜何地？以堂堂可与世界物质文明国并驾齐驱者，而上下君民，竟被困于几辈乳臭权利暴徒、近视武人、文明贪夫、狂妄浪人，为无价值、无量数、大冒险之牺牲，六十年经营所得，国际教育，国际贸易，国际战争之声华物望，扫地无余。万国人类，目为海盗岛匪，戎首元凶。黄人物竞先进之邦，转成国际独夫之国。此等国耻昭雪，何待须臾。诸同志皆世界优秀国民，是可忍，孰不可忍。兵法，不知军不可以进而进，是为縻军。可知以退而不能退，是谓穷兵。以无谓之縻军穷兵，与同洲同文同种，以万无结果之互相自杀，取得世界千秋万岁文明史上遗臭之一页。此等大愚不解，大惑不灵，岂有名无名英雄之所取。诸同志应翻然定计，尽反其昨日种种阴谋，为今后国家种种从长策划。心理一新，全球刮目。国耻大雪，闻誉自来。语云：操刀不割，失利之期。又云：福利好从刚勇之人。此为必得成功之胜利者六。

何以言革命？七，可以和好日本国际也。世界各国现在对于贵国若何感情？若何失望？若何希翼？吾国国民，吾国知识分子，无端惨遭兵燹，若何含冤？如何公愤？稍为一平心推测，可以想见。一九三一年，贵国得志奉、吉、黑后，首先退出国联，由是世界全能国家，独裁好事者，皆遂野心勃发，莱茵河畔、阿比西尼亚、澳大利亚、尔波尼亚、西班牙、捷克诸邦，舆图设色，屡起变化。波罗的海、地中海、巴尔干远近安全国家，影响所及，莫不戒心。地球凡有国防之国非皆整军振武，联合阵线，萃其全国人力物力于海陆空，不能保障其杀焰之蔓延。列强心理变化，不特英、法、美、俄之布置，处处钩心斗角，即贵国所谓反共协定友邦，德、意两国，目下与贵国外交，表里时形相左，贵国犹有包藏野心，险谋百出，总欲如何破世界和平，成万劫之杀机。一国横行，万邦罹毒。使仇日本者喜，忌日本者笑，千夫所指，无病而死。谁为厉阶，谁实为之。诸同志拨乱反正，光明磊落，为三神三岛开新纪元。中日民众，重修旧好，亲于兄弟。即苏日民众，亦必尽弃嫌怨，握手交欢。欧美诸邦，不问可知。东方绥靖，影响世界和平。纵有一二法西斯国社党，生心未泯，亦必渐变宗旨，共同享安全。语云：他山之石，可以攻玉。又云：无朋友之人虽处世上，犹是孤凄旷野。此一革命必大得国际同情成功之胜利者七。

何以言不急革命日本有失败之危险四呢？曷言乎一，日本不革命，将有内外崩溃之危险呢？近来贵国内阁之权能益形薄弱；海陆军之意志时见分歧；人民于国家如此冷淡；议员于政府，如此质问；道义外交，完全失信；经济位制，彻底未能；物资国力之动员渐臻艰窘；学生教员之风潮，随时鼓荡；国内外嫌疑之犯，胡为而日多？国公债销化之力，胡为而锐减？国内工人胡为罢工而日众？东西京、大阪、朝鲜、徐州、武汉、天津多少工厂、铁厂、油厂、粮秣处、军火库、化学局、衣棉仓、制造所，胡为次第而燃烧？他如警察密探之忙碌；皇族重臣之孤愤；政友会、民政党、超然派之旧人怏怏；民主派、共产党、社会团、社大党、青年之大同盟，轰轰烈烈；甚至财团与最新军人，处处沉机观变；满族与伪皇协军，人人乘隙待时。进一步言，朝野间支那通与欧美通，大分阀与长洲阀，双篁派与一贯派立脚对象，非冲突即隔膜；非缓急二心，即明暗殊途；非主客异观，即老少歧趋；端倪险恶，更仆难终。西园寺云："我往中国打仗，无异自取灭亡。"此十二字之伤心语，只恐发现目前。现在贵国外交战失败，经济战失败，正义战、宣传战、精神战又皆失败。贵国今后贸易、政治、训令、财源、外交，日必更加荆棘；筹款不易，征兵不得，补军不能，乞援不应，班师不可；而法西斯党与维持现状派，从此乃益形分裂，异帜相峙，内哄四起，猜疑互见，汹汹群情导火有线，安全无日。若导以革命出路，大新耳目，前途危险，自可消泯于无形，转祸而为福也。

曷言乎二，日本不革命，有亡国弱种之危险呢？日俄战争，诸同志能否尚深刻记忆？当时陆战若再延几天，贵国之征兵筹款，捉襟见肘之势立见。战俄一胜，实侥幸万分。贵国如近卫、西园寺、上室伏高等，至今言及尚觉不寒而栗；此等侥幸成功，实可一不可再。且诸同志以为日本与威廉二世兵力战械强弱，是否相等？即曰相等，或曰过之，一九一四年，欧洲大战，至一九一八年德意志丁男，骤然减少，国亦将临灭亡。后来战祸一开，无论战胜战败，皆必死亡狼藉，到处危机。今日本与中国，一九三七年“七七事变”，战争已将两载。赣、鄂、晋、湘、皖、豫、冀、绥、江、浙所在战地，皆为我军控制。调充彼此，陆空急于星火，侵华军事可云陷入泥泞。尚幸世界大战未开，贵国舰队犹能海道运输，勉支战局。如民主列国，因反侵略联盟，尽改其中立法，加强限制，英注意其津沪界之交涉，美激烈其太平洋之摩擦，苏紧张其新筑路新布防，环境形势，险恶如此，遇机爆发，情在意中。试问贵国其时军用原料之补给，器械零星杂件之购充，将于何处？冲绳群岛，尚存琉球观念，台湾、朝鲜、奉、吉、黑、热人民日夜耿耿。民族军人成分复杂，乘隙群雄，当然四伏。军事形势可胜不可败，可进不可退。东西南北战场，贵军日传败北，贵军时逢歼灭，合多数小败，成一大败，逢几次聚歼，成一大歼。若再遇一大败大歼之攻击，国际心理益当如何？更不可知。夫战，战德为上，战势次之，战兵为下，战兵而不能胜，下之又下，战兵而至败，其国未有不乱亡者。欧洲大战，意大利若不反其三角同盟，德无兴登堡子良心变计，则意德两国，当时皆一败涂地。故贵国欲避免亡国弱种之祸，非当头一棒，唤起人民与世界人群，共同主张其同情之正义，别无良策也。

何以言乎三？日本不革命，登陆日军不易生还也？诸同志不论自身从军，亲友从军，为陆军空军，要知此次登陆军人，贵国如无非常之旋转，逐日作战，逐日伤亡，死生存殁，时间问题。入华军歼灭战范围，固必死，战败而逃散，而降落乡村，安全谁保？即或万一有某队某团，屡战屡胜，饮至凯歌，遥遥何日，不是火葬还灰？两年来中下级军士，果有几人生登岛岸？兵法定理，主客异势，则生死异数；语言异音，则军民殊感；曲直殊理，则老壮变勇；原狱迁地，则机械易利。贵国动员至今，欧美人前数月精密观察，谓贵国累年技术精练之军，消亡过半，军火亦然。自第三四期以下所征新军，更多厌战反战分子。然则贵国欲保持其一九三七、一九三八两年战争，胜负统计平均率，谈何容易。中国民气愈战愈盛，再接再厉，日本蹂躏之区，即全民争起游击之区；日军空袭之地，即全民精神加奋动员之地。且穷城困守，据点无援；深入客军，交通易断。稍为远虑，入华军士，处处途穷。明嘉靖四十年至四十三年，浙江仙居道、横屿、平海卫、仙游四役，日本军人无一生还者。江浙沿海，志书事迹所载，若绝倭沥、埋倭堆，所在都有。且我国中秋灭鞑种，一鼓逐元顺；辛亥改国体；民族之勇智，何等神勇！何等普遍！何等迅速！况现在科学世界，缩地缩时，传导影响，片刻万变。前如伪市长何某等之得死，近如特务机关中村辈之就戮，死亡相继，日有所闻。我松柏性之华族，取义成仁，较樱花性之日族，武士太和，岂逊忍耐？视撒克逊、条顿民族，艰苦机智，无不及也。贵国无论何人，而欲作长久之驻华，无一地可以高枕，无一时不伏危机。我国预言家，及某国预言家某某，十年前皆云；日本侵入中国，中国必弃其沿海沿江数省城市路线，迁都入川，至国都入川，日本便徐当败退。不知何处，得此不疑之肯定。今中日战争形势如此，世界联盟形势如彼，证之时局，按之预言，贵国趋势，在在可危。坐误因循，英雄最忌。无道之乱命，可出于军阀，光明之大义，当起自军民。彼辈可演成“五·一五”“二·二六”空前之惨杀，君等何妨建大无畏、大仁勇、不世之奇功？诸同志其毋忘自卫卫国也。

曷言乎四？日本不革命，人民数世陷入悲愤愁痛呢？侵华以来，将及两载，消耗战费，数月前比例精计，较日俄战争，已加一与七之比，较甲午中日战争，加一与四十八之比，加以一九三九年度之预算增数，日本全民，每人又将平均增百二十元之负担。犹忆昔年贵国某经济家，言日本国债若负至百亿以上，便可亡国。今不觉已超其所云之倍数。约翰逊大使亦云：日本今国债之累，一代已不能清偿。而乱兵在华搜索金宝，概归中饱，不能收为国有。立国要素，莫先经济，日本经济如此穷困，亏负将于何处取偿？欲得资源于中国，次等临时点线轮廓之割据，征收粮税，所得几何？以战养战，不逮远甚，岂能积产余金，有所挹注？前币原外相，谓取中国三省，如吞炸弹于咽喉。夫以数小时所得三省膏腴土地，犹似吞炸弹咽喉，若用兵已近二年，不能得之全面，而抗战南北东西，且有伟大人格，富有战绩之天才军事家、革命家、政治家，从中领导其民族至上，国家至上之四亿余同仇，相与周旋，前路艰难，岂特百倍满洲？在野心军人，未醒高度催眠失态之神经，冒昧竞进，欲其深谋远虑，为国家奠百年大计，难乎难矣！诸同志，瞻瞩高远，深识时机，中山先生云：知难行易；阳明先生云：即知即行。既得其难，不行其易，待何时行？既有所知不速行、不果行，不如无知。诸同志尚何事踟蹰耶？总而言之，吾辈与诸同志，不特种色相同，且亦血缘最近。自秦以下，贵国如何繁殖？如何进化？历代史书，彰彰可考。同种同胞，安危密接。所以言之彻底，不敢丝毫所有客气。诸同志，吾辈处此等国家民族安危之大事，非大公无我、平心静气、本宇宙观、人生观、乐利观、和平观、尽去其意见观、小我功利观、万乎不可。诸同志，请细心准之，以逻辑之、归纳演绎。此书首尾将近万言，大小前提由媒辞至结论，是否一言一语，有几微之矛盾？有几微之不周延？黄族之盛兴与衰败，中日之亲善与仇雠，远东之繁荣与愁苦，世界人类之和平与屠杀，皆取决于诸同志义举之迅速与稽延，奋兴与潜伏，时乎时乎刹那已逝。字里行间，皆含泪血。诸同志其猛醒之！其猛醒之！

犹有陈者，诸同志革命成功之后，建设贵国国家新政体国体的形式，谨为提供其三，择其一，可以定国基。三种形式为何？第一种为完全民主政府制。采最近最新适民主国制度，交付全权于人民。凡省町制度、贵族制度、礼俗制度、一切封建时代所遗之组织习惯，彻底改革，均以极端进化公例，合理匀平政策，推行于社会。第二种是集中君权制。仍仿德川时期故事，清君侧后，还政君主。第三种为虚君共和制。仍用日本号，昭和年号，奉正朔，修订宪法，革文武官制，废御前会议，悉遵代议制度，分权乡村，永杜文武官吏操政弄兵之弊。总之，集中君权制，为时代所不适，重演不易。至民主制，中东亚东各国已多成功先例。各种国体以何者为合贵国环境，适贵国国情，谐贵国群众民意，此后在诸同志高明达权应变，慎以出之。然建设国体政体，可以从长计议。而因时乘势，贵国大革命之时机，万不可以须臾缓。我诸同志，贵国国体一定，与吾国在同一和平之阵线，彼此一家，互助亲爱，心心相应，同德同心，东亚团结，世界和平，实利赖之。言有尽而意无穷，谋不周而情有余。竭诚谨祝诸同志幸福万岁！革命成功万岁！

河山老人恢复失地预言书

（河山渔樵恢复失地之预言）

序

清季甲午之明年，有黄发老人，发髯长过膝，尝屹立于太行之麓，清泉崖石间，高颡长项，目炯炯瞻视奇逸，望之若神人。过客道出其傍，可与言者；则出所怀之预言一本或数本以赠，忽而泪涔涔滴，滴久或破涕而笑，尝语受书者云：此余得自天山巅峰之梦中，他日当遍传神州，可以消炎黄裔胄异时有形无形之惨祸。余亦获其贻，归而毕读，谓是老人好事，未以为异，遂置不复为意。老人居太行数月，忽去，不知所之。越几年，有来自白山黑水者，言于某某处，见修髯翁赠书事，迹甚相类，岂即其人耶！迨东省沦陷，寇焰日张，乃忆及当日老人所受书辞，然隐约依稀，不可复记，亟索书箧，久复获，潜心省览，乃始悟其洞达造化自然推移之理，演绎归纳而出，壹似现在未来铁案，非古昔符谶，晚近预言，迷离惝恍，囫囵疑似，得而模棱左右者。所可媲拟岂今之伤心人，似欲以神人之道警世非耶？乃为付梓，转赠平日所识者。昔子房得圯上《素书》，一人会而通之，用以亡秦，平楚，兴汉，况今飘骤之虏为大无道之残虐戾，荼毒上国，诚使东北陷落之区，人置一篇，父授子，兄诏弟，亲友邻族，若连锁之循环互递，其不徐困暴敌于重围何可得也；夫天下事机而已矣。机不机则泥，天下事密而已矣。密不密则泄，人将转其机乘其密，以相应，机不可以终捉，机隐而事难矣，得此书者积以思虑，神其机密，如昔人之《珍秘》《三屠》《十日》诸记，《起信》《推背》《烧饼》诸歌，不惊心不使气，不血刃，启发酝酿于行所无事中，一举手一吐气，而旋转之大功以成。若夫未经寇兵蹂躏之地，于乡村或昏夜，或农隙，或学校工肆，授受讲解，使能成诵，洞明其寇敌之生心，肆虐狂暴，无所不极，则未遇颠连困苦之民，亦得悬想透彻其空前之浩劫，动心忍性，椎胸切齿，辗转反侧于寝食梦寐，勃然激动其精神，其亦万众自强，争相自存一良剂也。雷霆之迅，疾风之烈，不翼不胫，流行飞走于吾华夏民族，华夏民族复兴，其庶几乎！

民国纪元第一壬申春

浙东柯璜识于古并州洗心总社

导言

予今有神秘预言哲学，涕泣以告诉同胞，同胞幸勿以神人神话目我。神州数十年后，当于海东岛国生心，造成空前绝后大劫，华夏苍生，无辜殉劫者，当在千万以上，在彼岛国，亦当半之。虽有圣贤豪杰，无可如何，若能早施挽救之道，惨死之数，可减其半，如于未来劫危以前，人人发愤自强，自能扑此酷焰，消灭大难于无形，如听其自然流毒蔓延，当有第二次第三次无数次大劫之来，残忍之酷，实予所不忍想，不忍见，此浩劫非造化故意降我东陆黄人，实我在劫同胞，三百年来祖先，以不经心，不见机，所因果。能翻印本篇，于陷落之区，真实流行暗布，其安居乐业，未见寇兵乡村城镇，亦迅速传诵，岂特顿消杀劫而已。吾炎黄华胄，不数年间且当徐执东方牛耳，海水澄清，世界和平，即将发现于不久之未来。其道其法，分难民提示，歌谣播布，仇敌应付，上、中、下三篇，有心救国者，平心三复之。

乙未河山渔樵识

上篇　失地难民之提示。敌我心理环境情势彻底清楚消灭而驱逐之甚易。

我民众当认明白，此地沦陷，此时扰乱，时期是极短的，是偶暂的，国军民军便要来救的，暴敌此时作福，是飘风骤雨，刹那过去的。如不起信，请阅左说。

此时吾人留在沦陷之地，未死兵燹，未得成仁，未战前方，未去后方，存在于敌人威胁下者，敌人虽美其名曰顺民，心目中实目为亡国之奴，即国际亦必与我以最贱下之名称；我自心清夜一思，“亡国奴”三字羞耻悲愤，实罄洋海潮流，不能洗雪；忧伤凄惨，天长地久，何以度日！孔子称“殷有三仁”，死与去外，复称及箕子之为奴，盖我未死未去之遗民，只有暂时苦辱为奴，机会一来，奏效有时，大过于死与去之二者，谨为我沦陷苦难同胞，点出妙法。夫豫让安重根，是奴之能死者；伍子胥、申包胥，是不能奴，能有志复逃去者，在此等人心中自有运用，无待预告。然此等救国，不可责之一般同胞，所云为奴妙法者，无男女老幼贤惠，人人可行，人人行之必收其功。请为次第举其潜伏酝酿，简约纲要，若发酵母势力之伟大神速，实有不可思议者。

夫战争胜利之道，有时物质不如精神，局部不如全民，敌方朝气，我待暮气，敌极欢喜，我矢哀誓，敌在暇逸，我出仓猝，敌出白日，我乘昏黑，正侧互，山海易阵，水火变胜，攻守互更，敌前为后，敌后为前，持久疲彼，自卫谕我，集诸小胜，便成大胜，忽得大胜，便是全胜。能退能进，能屈能伸，化整为零，天之道，成功之道。夫战者，战德，战心，战势，战民，战地，战气为上，战器，战力，战财，战令为下。民不可怒，士不可侮，师不可老，兵不可纵，货不可贪，杀不可残，将不可饱，时不可背，兵不可杂。敌皆不知，且七害不避，五善无有，三利皆弃，不败何待。歼敌之道，明暗相竞，动静相形，主客相倾，内外相应，刚柔相成，常变相生，胜败相因，是为相对二元，兵家定论，中外古今，铁案明明，明神此道，将皆似兵，兵皆是将，军皆似民，民皆是军，大将不将，是以善将，大军非军，是以皆军，有形无形，荡荡无名，虽欲不后胜，不保民，天实不能，而况于人。

要知敌此来，祸心之包藏，实与金、元、清大异，非一姓之争夺，乃民族之代谢，欲消沉我民族，当先魔醉我民族，其初入，必以烈急性手段，来恐怖我，粉碎我，威胁我，其继将以柔慢性的手术，来堕落我，毒化我，昏懦我，要结我，分析我，久之乃以经济之压迫，株连之残酷，滋养之吸取，教育之限制，以艰难困苦，昏愚吾族，使吾族难于生活，缺于营养，窘于繁殖，日在愁痛颠连中，甚于殖民地之平民，野蛮族之土人，隐隐渐以为人之淘汰，使我自然徐徐同归于尽。

此次暴日入寇，是它少壮军人欺骗来人民的，是神经发生杀人狂病态的。少壮派军人，所以如此，是先被军国主义、帝国主义派教育家，催眠魔醉的。此来完全是放血债，散冤债，作恶剧，自掘坟墓，树敌世界人类的。所以比昔年桀纣甚，比盗贼蛇蝎甚。但之吾国的语言、文字、风俗、教化、态度，是统一的，是固有的，是深固的，是伟大的，是熔冶的，是精纯的，是忍耐的，是仁勇的，是浑朴的，是松柏性的。

敌国之语言、文字、风俗、教化、态度，是舶来的、是混合的、是狭隘的、是严厉的、是躁率的、是浅鄙的、是骄矜的、是樱花性的。敌浪掷数十年勤苦蓄积之金钱，消耗大多数优良的器械，少壮的青年，穷其力量不过扰乱我几处要点，几条路线，几多民怨，是鸡卵投石，蚊翼鼓雷，虾子打腿。末了适自闹一场大自耗，大革命，大自杀，大自悔。

敌一经过烧杀奸淫劫夺期后，大约必标其名曰“安良除暴”，曰“王道乐土”，曰“开放东陆”，曰“领导华人”，曰“新秩序”，于是公开烟赌，放纵淫乐，消亡礼义廉耻，换习语言文字，钩心斗角，造成昏黑天地，为各种软化腐化，以达其帝国独裁，永远畜奴式的愚民殖民政策，沦吾族万劫不复而后已。

吾国为大陆国，为祖宗国，彼国为海岛国，为苗裔国，一切风俗习惯嗜好，苗裔国对祖宗国，自然生同化性，皈依性，敬仰性，我明乎此，我利用此。

彼国是富摹仿心、好奇心、自我心、自大心的，我明乎此，我利用此。

吾大陆国多为山原，空气干燥，蔬菜半是植物，或为草食动物。岛国地环洋海，水气饱和，蔬菜多为水产鱼虾藻贝。大陆人久居岛国，全身细胞浮松，肠胃寒滞，久则得病，便想思归。岛国人深入大陆，全身细胞发干，肠胃消化衰弱，生理心理，自然变化，思家之情必起，此等特性，不可不知。

吾人是在自地自家，是主人的，是安心，是同情，是服水土的，是环境互助，是消息灵通的，用奸细侦探极易的，敌人反是。

敌人国际上感情是猜忌的，孤立的，牵制的，失败的，不久将与算总账的，吾国反是。

吾人人是愁痛，是悲壮的，是羞耻的，是隐忍的，是争人类自由，人类和平，刻刻不忘情的，是不甘受非人道、不正义的压迫的。

敌人是开心，是得意的，是喜乐，是荣耀的，是痛快，是大胆毫无顾忌的。

一时为伪组织，伪维持，伪治安的，固有真汉奸的，然亦多为假汉奸，假糊涂的，且应有数多为勾践的伪臣妾，专诸的假殷勤，王长年的苦谄笑，可以屈原，可以哀矜，可以借重，万不可疾之已甚，应当细细分别，另眼注意的。

来吾国之敌众，它是心虚，它是胆怯，它是小数少壮军人被迫的，它是多数无知良民盲从的，敌人中有无数是民主党，是社会党，共产党，是反对少壮军阀党，来我国是待机的，传布秘密的，勾通国际的，到相当某时期，也是一定与我同志的，然而亦有假装以上各派来侦察吾民的。

多数敌酋，他是怕我国军，怕我国民的，他是怕国际，怕苏联，怕朝鲜台湾的，他是防三井、三菱财团，元老皇族等老派，及在野名士，科学专家的，他是防社大党，反对党，反战党，暗潮党，革命党的，他是尤怕赤化，三民主义化，日本离心化的。

清季不彻底的维新，是为民国革命预备的，国民未完全的建筑，不优良的器械，是为引诱暴寇，至某地点预备的，暴寇到处劫杀，到处焚烧，到处压迫，是为我大中华民族复兴，抗战必胜预备，毫无可疑的。

吾国非人人抛出全副精神，全副肝胆，全副产业，来争民族生存，万万不可迟一天、难一天，慢一天，危险一天，牺牲倍一天，前车俱在，决难怠忽。

中篇 **失地歌谣之传布。沦陷地或安全地播布童谣，以愈机密愈迅速愈普遍熟读为妙，真是千万千万无形常胜军，千百万全民陆大生。千万勿忽，千万勿忽！**

大中华，聚炎黄，礼义文物皇哉唐。男儿女子都昂藏，班定远，木兰郎，张博望，戚南塘，名震西域朔方。东海南羌，万国历史莫我光。如此好河山，我祖宗子孙，幸绳绳继继，生这地大物博衍繁昌，昌昌昌，昌明东陆运，万斯年，永无疆。

我有四亿五千万国民，能练五千余万精兵，倭奴国恃几个细小人丁，登我大陆，豕突狼奔，忘却天朝上国；恢复大度爱和平，平平平，平地成天伟民族，偏逢着夜郎自大，岛海弄潮鲸。

华夏城雄，寇兵窜到火烧红，杀光芒万丈，黑焰暗苍穹，扫荡生灵，呼号凄惨动天公，白叟填沟壑，黄童失无踪，流离生死正不逢，火鸢又肆虐，天半降厥凶，人密密化灰烬，身首肝脑分西东，人也空，物也空，空空空，空间已无干净土，刀兵水火，厄我灾黎，到处身难容。

我铁轨，南北贯，我汽路，东西配，从此行人不道难，国有天产流行遍，一朝寇氛满神州，多少通衢都破碎，碎碎碎，碎我河山国步艰，处处隔碍交通线。

平原地，遍人骨，城边窟，满人血，凄风苦雨声切切，新鬼故鬼天阴泣，开国功人纪念碑，茫茫都付灰尘劫，劫劫劫，劫运何为遍民间，复仇到处留痕迹。

三岛倭，何顽悍，是数十年帝国传统主义，催眠魔醉，是俄沙帝，法拿皇，德威廉，神经病态。我元戎大帅，同仇敌忾，必胜抗战，全民爱戴，指挥若定操胜算，算算算，算到不战而屈，速战速决，疯狂迷梦都打碎。

况穷凶极恶，一年过半，只沦陷我几处据点路线，图穷匕见，民穷力瘁，对内对外，惹得欧亚美国联，制裁侵略下果断，引起七千万臣民，良心情绪浓反战，不到国家崩溃，军民哗变，黩武穷兵不知退，退退退，退无归路军人少壮辈，都将在人间，天不容，地不载。

得寸已进尺，得尺还进尺，假维持，伪组织，用利诱，且威胁，凡君子，或人杰，非匿迹，便不屈，几庸人，无智识，逼环境，甘臣妾，装傀儡，从蛇蝎，伈伈俔俔长下心，深陷国仇下蹄铁，铁铁铁，铁血中有好男儿，岂忍地天长荆棘。

或有志士仁人，救国多情，豫让吞炭，勾践卧薪，荆轲聂政变形，包胥子胥后身，为奴假，苦辱真，张自忠、安重根，沉机正观变，智勇亦深沉，沉沉沉，沉冤海底只自知，不及时早反正，刃倭军，恢名城，谁替尔略迹原心，观过知仁。

我沦陷，苦同胞，数家厨，共一刀，五寸长，二寸高，如贼如寇防朝朝，生灵生杀戏人命，无尚权威信口操。一时失地千古恨，兄弟儿曹应记牢，牢牢牢，牢笼一日不解脱，家破人亡命难逃。

无证券，不能行，家人语，难高声，长夜漫漫禁关门，警无声，察无形，人人自危若临刑，刑刑刑，刑人待我形神苦，何时重振国民魂。

我有粟，倭取舂，我有丝，倭取缝，我有煤铁，倭取空，我有青年，不我终，我有精神，不我充，青天白日下，仇货仇钞满地走，走走走，走遍天涯失地间，家家时刻伤牛后。

万恶淫为首，烟赌最游惰，良田大半种鸦土，下令大开博娼贾，问何心肝何肺腑，千般万计密商量，成我华人灭种祸，祸祸祸，祸首东方几种夷，丧尽天良丑万古。

我精华，兵燹空，我学校，灰砾封，图书金石渐流东，忧患几余生，满眼遍哀鸿，似痴又非痴，似聋又非聋，伤心何惨目，面面看途穷，穷穷穷，穷愁岁月几时送，送出暴倭火坑中。

纵饿狗，食志士，制钉棺，人活死，射毒针，哑人子，注剂液，绝人嗣，惨酷行凶不忍言，到处城乡显国耻，一见发冲冠，泣血椎心有何俟，俟俟俟，俟到河清尚几时，岂是堂堂好男子。

敌打仗，我当兵，第一营，先我们，第二营，朝鲜台湾东北民，到最后，大本营，长崎大阪倭奴军，我执枪，他司令，逼我自杀我乡亲，用军法，挟酷刑，驱我弟兄若羊群，群群群，群众越忖越伤神，世间竟有此不平。

胁我从军陷火线，有死无生进无退，何如慷慨一翻身，尽将第酋身首碎，碎敌男儿报国忠，裹尸马革岂有悔，悔悔悔，悔不早回到国军前，同胞痛饮黄龙醉。

我战区各州县，残铜旧铁宝贝，快枪大刀长剑，快收藏，隐不见，硝盐衣食及资源，都送深山远远盖，盖盖盖，盖起村落扉窗牖，褴褛凄凉贼讨厌。

强权压我文化退，淫威希我心胆碎，明知沦陷亿生灵，若听暴日阴谋算，一度每经二十年，户口同韩减一半，不惊心，刚决断，听虎狼，满恶贯，贯贯贯，贯成万劫胡能噬脐，不及将谁怨。

呵衣声，来耳鼓，奈呢音。杂中土，八方国音，六书汉字，百家训诂，竟将都陷陆沉苦，苦苦苦，苦像当年祖龙书付火。

三岛人，算是倭，寇酋器，小而歹，樱花性里荡淫风，万国人文莫尔野，据名城，坐官廨，向华人，装模楷，登场傀儡沐猴冠，千思万想谁能解，解解解，解人苦难索，横行几螃蟹，黔驴伎俩何时罢。忆不尽过去苦趣，受不尽未来毒计，酒肉馆，视作断食味，娱乐园变为悲惨地，地地地，地久天长，只有埋头干，誓将无道冤仇，众共弃。

图推背，数铁板，恶满盈，势必斩，今倭奴，气已馁，掳民财，肆大胆，囊内床头满动产，驻中国，怕除铲，回家乡，又岂敢，长期对华无期限，敢怒不敢言，军中处处生恶感，只来蓦天蓦地一声喊，乳臭群小儿，失措仓皇演悲惨，惨惨惨，惨从年来作孽，诛殂无道罪奚逭。

民间忍辱勿自苦，未来不久，不问三五四，五六五，某子丑，一月一，二月二，三四五六七八九月九，听狐鸣，明篝火，吾冤仇无地躲，躲躲躲，躲起县县与城城，歼尽仇人方罢手。

功成俄顷，耕田凿井，山河建设，齐齐整整，东望海东少年群，大呼革命人都醒，醒醒醒，醒了几世几年魔醉瘾，愿从华人嘻笑登春台，鼓腹长歌饭糕饼。

好歌谣，小神童，花晨月夕，石上林中，一传十，十传百，男男女女心声通，通通通，通了无数主人翁，自然用到最后五分钟。

如此沉痛悲歌，便都还我寸寸山河，姐姐妹妹，弟弟哥哥，也要时刻记心头，乃是解劫咒，建国谣，约非战，倡和平，共存荣，长止戈，如胶如铁防邻家，和平开国际，海上少风波，总有蜃楼不死，一二小妖魔，魔魔魔，魔鬼中这些虫蛇鱼虾蛟鲨，生生世世奈我何。

下篇　同胞仇敌之应付完全陷寇威胁下者，必得如下应付，敌易与，事易成。

他用白面、红丸、乌烟来毒化我，我当用彼毒化方法，去毒化他。他用甘甜性、柔软方法来麻醉我，我亦当用魔醉方法去魔醉他。彼以危险的事实，来恐怖我，我似受其恐怖，彼以宽大性的事情来欢悦我，我亦表其欢悦。彼以豢养性的小惠来要结我，我亦以小恩小惠假意接近他。

肥肉让他食，美酒敬他吃，精舍任他住，林园任他游，好球任他打，高话任他讲，吾人时像个落魄人，时像个醉梦中，时像个痴呆物，私相悲壮，自相怜悯，自相亲爱，互相教诲，苦我心志，强我形骸，通我知识，励我精神，伟大我希望，精细我心思，慎防他侦察，坚定我意志。

和文可学，中文不可丢。奴课可上，经史不可忽。岛礼可知，国俗不可轻。游艺可习，国术不可弃。新交可结，国仇不可忘。

强我当兵，我去。雇我为仆，我去。叫我受苦，我去。使我做工，我去。催我入学，我去。要我为吏，令我厨，我去。将欲取之，必先与之。不入虎穴，安得虎子。

他占痛快地权利，我服劳苦的义务，他占高头作荣誉事业，我在下层喜卑贱工役，他少数人据在安乐场中，我多数人立在忧患地位。

他是占优胜的，我是居劣败的。他是强权主义，我是屈服人民，我应该受苦，我应该受辱，我应该忍痛，我应该动心，我应该养气，我应该修德，我应该造福。不可有馁心，不可无欢心，奋心，不可不安心，不可无恒心。

我只有服从，我只有待机，我不妨造因，我正可藏拙。如此稍待国军推进，国际变化，救星便来，机会便到，气自浩，拙自巧，头头是道，国耻一齐扫。

说不尽话，排不尽局，权不尽变，预不尽算，熟而诵之，神而明之，推而演之，速而传之，一通万，万归一，成功之道在其中。

此册，是一种简易全面抗战的政治工作。此册是一种神速全民歼敌的教育课本，如我同胞览到此册，或手抄或口教，或翻印，传导，都是尽了一份心，都是御了一份侮。

绿天斋文存

我国百年来毒物之祸害

（乙亥六三纪念大会宣言）

我国近百年来最酷毒的物品，谁也知道是什么一大宗的东西，九十七年前的今日，六月三日，是林文忠公早见到此毒药的进来，他日足以弱我种，灭我国。转眼到了今日，毒祸还未能肃清，并且发生种种同样更毒的替代毒品。多方来毒化我同胞，暗杀我同胞，我同胞竟多数受此包围，受此魔醉，何以对得起九十七年前今日的林文忠公？我国民族为世界优秀的民族，是开化最早的民族，体格最健全的民族，自从传染此毒，自从受此毒摧残，全国人民间接直接，男性女性，四万万五千万民众，无一人得逃此血缘系统传播的影响。

近据世界人种学者的各方发明，平均统计，肯定我全国人民体格，今昔比较，身长度数，已矮了九寸零，筋骨重量已减了四十磅余，虽其中若缠足的恶习，造其半因，然缠足恶习，行将过去，鸦片毒祸，尚在蔓延。吾人平心自问，果何以对得起我林文忠公。

此种毒祸对于国，对于家，对于自身，对于子孙，谁也知道祸莫祸于此，毒莫毒于此，何待再赘。但到了如今，环境与经济如此压迫，民志又如此恐慌，如此萎靡，无人道的毒化政策的残忍手段，又如此神速猛烈，从世界机势上观察，时间宝贵上考虑，实实在在，不容许吾国人，再因循再观望了。

年来地方政府对此拒毒，如何苦心，如何委曲，目前中央政府，对此拒毒，如何严重，如何警告，过去的无量数人民被暗杀，无量数金钱被输出，无量数的膏腴土地被盘踞布种，冤沉海底，欲哭无声，欲言不忍，今后千叩首万叩首，希望我受毒与尚未及身受毒的父老兄弟姐妹，人人负起使命来，由己及人，由亲及疏，由近及远，痛快拒绝，痛快劝解，痛快肃清，一切毒苗毒品被毒人，于最短时期不复闻见，乃可以复兴我健全民族伟大的体格，可以对得起先总理拒毒的遗训，可以对得起林文忠公当年今日轰轰烈烈焚烧鸦片二万零二百八十三箱救国救民的热诚，乃算是大家今日举行六三纪念悲苦的意志，失声的呼号，我同胞父老兄弟姐妹们，共同起来，彻底拒绝，共同起来，戮力奋斗，是新生活声中，第一步一种紧要的基础工作。

缠足是女界无人道之悲惨

（天足促进大会宣言）

世界人群，受人类自己极残忍酷虐不人道之待遇，大不可解事情，约有四种：一为欧洲之细腰；二为非洲之扁头；三为各洲未开化民族之环鼻；四为中国缠足之小脚。而缠足之残虐苦痛，终身日夜不自由，较细腰、扁头、环鼻，尚束缚苦厄腐败不知若干倍。坑坐衰颓，有身带痛，壁行匍匐，无期徒刑。夭其寿，伤其身，夺其生趣，弱其子孙，陷入群男女两性之半数于浩劫，为神州全民生活生产生育上过去千数百年，无量数苍生不可思议之大打击，天乎人乎，谁之咎哉，大惑不解。大愚不灵，世间尚有甚于此者哉！维新而后，革命以来，上下提倡呼号干涉，将四十载，自诸先觉诸有心人，发起天足大会，晋绅提示，民众觉悟，而当局对于此事，费尽委曲心力，为国中二万万女同胞谋苦海之解脱，急先务也。现在通都大邑，民智开通，多知自爱，小足几无。而穷乡边省，大道远距离处，尚竟间有囿于陋俗，固于习惯，自残其女，自苦其妻，忍听其姐妹甘受终身污秽苦痛之残疾，依然不为解救者，有其姐已天足，其妹复缠之者。亦有已解放若干年，忽而重行再缠者。亦有已完全天足，异想天开，转赎买昔时宫鞋式之尖底时髦洋鞋，而故婷婷摇曳以为美观者。亦有因女校招生不敢取录小足，良家聪颖闺秀，其亲甘听其废学者。亦有状貌魁伟，因未小足，其父母与翁姑以为门庭耻辱白眼相看者。甚有无知顽民，集会结社，保护蔽藏，以遮盖欺饰官厅为事者。甚至有公然小足老妇弱女，鱼贯蝉联，牵裳摇手于市上街头，行所无事者。安有亲父母亲兄弟亲夫亲翁姑，竟故待自家自女自姐自妹自妻自媳妇以若此之肉刑惨，若此之人僉辱，尚不为出力援救陷落火坑地狱之苦厄者耶。问其故，则曰，已老者遽放足，恐更不能行，少者不缠足，缠而不细，不特无好人家好夫婿，无门第相当之配偶，只恐无人顾问，长作闺中怨女也。悲乎耗哉！岂有此理。天乎人乎，谁之咎哉。今政府对于此项非人道之待遇，极端设法消除，读立法院修正中华民国刑法案第七十八条，有云人民健康与否，关系种族强弱，或使人缠足，或其它方法妨害儿童身体之自然发育者，均应处罚。第二百八十六条有云对于未满十六岁之男女，施以凌虐，或以他法致妨害其身体之自然发育者，五年以下有期徒刑。三令五申，告诫谆谆，当道于民族之盛衰，人权之保障，若何注意，若何用心。我民众亦自当本良心之不忍，同心戮力，补政教所不及，泯万国之非笑，雪华胄千年之陋习。昔曾子易箦云，起余足，起余手，今而后吾知免夫。夫身体发肤，不可毁伤，卫生卫足，天赋特权，衣食住行，为人生四要，竟使不良其行，国家与身，为人群大本，竟使先毁其身，是可以忍，孰不可忍。世界目我为病夫睡狮国，病有病于女子终身缠足之病者乎！睡有睡于至今尚有不觉悟小足之丑，不觉悟天足之受用者乎。安有为人亲父亲母亲兄弟亲姐妹亲夫亲翁姑，视其自家自女自妹自姐自妻自媳妇，终身受肉刑之厄，抱人彘之悲，不为出力委曲援救其陷落火坑地狱之苦厄者乎！人乎天乎！谁之咎哉？如此酷惨之肉刑，污辱之人彘，即全国只留遗二三小数受其苦厄，吾人亦当被发撄冠而救，况不止小数者乎！羞恶恻隐，谁不同情。而况国家际此艰危，强邻悍族，多方相逼。尚有此不可解无人道之以虐为爱，以秽为美，以苦为乐，以非为是之错误恶俗，为民众生产生育生活上之大障碍，为国际竞争上全民解放之大弱点，大缺憾，岂可容其顷刻在乎。今后愿男女、老幼、贫富、远近同胞，毅然奋起，互相觉悟，互相劝导，互相调查，积极消极，间接直接，多方督促，除灭此民族、民生、民权之大害。同仁等虽才短力薄，亦誓愿始终从大众后，剪除斯苦，斯于最短时间，十岁以上解放净尽，十岁以下绝对不缠畸形丑态之小足妇女，小足家庭，小足乡村，永不见闻于吾人眼帘耳鼓，斯同仁之义务尽，心志安，此则今日发起天足促进大会之本意。我男女同胞其一齐勃兴起来，同享健康健全真正幸福。

简单经济的紧要卫生

（在民众教育馆讲述）

鄙人今日研究是极其寻常的卫生。寻常虽是寻常，但吾人往往不尽注意，所以一般人往往有病且多病。诸位知道，从三十万物种类，忽然而为人类，人类又不知从几千万万年，无量数中忽发现为大家，大家人人心中竟有一个我，谈何容易，偶亦不偶，人人的我，若不为我自己讲究卫生，谁能替得我讲究卫生。不寿不要紧，唯未尽生命天年，早早谢了尘世，早早辞了家人，似乎可惜。且有许多带病延年的人，在不生不死的生活，度了数十年，更觉冤枉了。人类卫生一大问题，这全部二十四史，于现在一二小时内，从何处说起。鄙人先姑从骨骼系的卫生与大家研究研究。人生一副骨架，是最要紧的。这一副骨架，如果是弄不好，一切却病延年方法，无从讲起。我们见许多人，不知讲究动静姿势，便可断其不知骨骼的卫生。古人坐与立皆有一定形相。书所云如斋，如尸，俨若思，毋不敬，望之俨然，皆是一种骨架紧张态度，不是废弛情形。所谓大丈夫能顶天立地。天何以顶？即颈椎骨胳紧张，挺立起来做人之谓也。古联语有云：挺起脊骨做人，站定足跟做事，便是顶天立地之说。可以想见古今有心人，当先于骨骼上用工夫。若必要将自己的身上从头盖骨脊椎，至肢骨及指骨跖骨诸骨骼，一一用特殊的方法，专门来磨炼，有古人的《易筋经》，《八段锦》，种种旧方。现在全国提倡国术，国术对骨骼的整顿，最为严重。本馆亦有国术健身团，种种的设立。聘有许多指导名师，请诸君加入研究可也。但鄙人今日说的是方便法，只要人人对于平时坐卧行住，时时记得提起骨骼精神的一念头，积之久便有说不出的受用，说不出的健康。好像吃了换骨金丹，把从前无骨的骨，换了有骨的骨，我大家朋友们，若有不信，可以去恒久的试验试验。

更当进而研一研呼吸系统的卫生。呼吸系的卫生，亦不要资本，亦很紧要的，亦是人人知道，人人或有忽略，亦未可知。人类需要新空气，如鱼类需要清水；水浊鱼病，或渐渐至死。人类呼吸空气愈新鲜，血液愈清洁，身体愈健康，谁也知道。这样说来，似乎人不应当有种种肺病，种种干血症，种种疮瘰黄胖症。但是，关于未能清洁血液，所发生的病症，到处皆有，人人皆是。果何以故？便是不知道用好空气来卫生自己的生命一问题。试每天睡醒起床，至外面一走回来，觉得卧房有何等臭味。此臭味危险不危险？这些危险固危险，然尚未到极端危险。有些人睡时将全头部盖起，睡房内与外面空气不甚流通，已大碍卫生，尚不许自己吃全睡房间内空气，还要只令其吃被服下的极小部分自己肺中及皮肤中排泄出来的死炭气，叫他自己如何能健康？有一某九十余岁，气色尚如四五十岁的健壮人一般。人问你老究有何种养生妙法？答云，我从少至老，未曾用被服盖面睡过一次。可知不吸滥空气，便是好卫生。大家知道肺细管肺细胞是极柔嫩极精密的组织，是贯输全身空气之入口，容不得一点污秽东西。世间人往往又有故意用火烟来熏他自己肺细胞，用种种厉害含毒质的植物材料制成化烟品，甚且花许多金钱贵价，向外国买来种种含毒化烟料，时时刻刻来熏自己的肺细胞，使自己肺细胞，乃排出多量粘液，用全力全副精神，时时刻刻来对付外来多量的毒火烟。我肺细胞肺细管，与我究有什么不下去，我必使他受这些苦楚呢?

有一日有一位惯熏自己肺细胞的友人来，与我谈话，他竟把许多能燃烧火烟的材料，继续烧起熏他的肺细胞，差不多够一点钟，他还只管熏吸。使我的肺细胞，也大受影响，出了咳嗽状态，反对起来。余当时，乃口占白话诗一句云：兄真真是，硬将喉管作烟筒。吾友亦不觉哑然发一大笑，自谓我的吃些纸烟卷，真是入了无意识之状态，真是不是正当的呼吸，真是不知好吃空气，故意吃极坏的炭气了。乃知道，天下许多事，一经打穿后壁，道破门面，真是不值一笑。这样说来，是空气与人身，关系太大了，要用这么呼吸方法最妙。璜以住房当流通空气，与外界空气清洁差不多，屋旁多种树木。多射阳光，亦不必专学静坐家的深呼吸，亦不必专学仙道家的吐纳，只要任其自然呼吸新空气，自然有许多的炭与氧互相交换的利益。大家看各大工厂或大轮船，必有极多透天流通空气的大气管，专为吸引海上或天空新空气之用，此等不要钱无人管的东西，不能为自己好好供给，可云待自己太廉，可云太不能为自己生活打算了。呼吸卫生能讲究，循环卫生，便连带解决了。至消化系的卫生，在动物身上，亦总算一件紧要的事情。自齿舌喉胃至小肠大肠，皆是主宰消化的范围，然最要紧的关头，是食道上的舌头，最能出坏主意，最能妨碍人不能好好讲卫生，他想进东西尝一尝，不问凉的生的寒的，有损无益滋养的，卫生大相反对的，只管欢迎。愈精细愈贵价的食品，愈想多多欢迎。人生一切肠胃病，排泄病，皆从自己舌头不知节制而来。俗云：祸从口出，病从口入；真是一个铁案。从口入的病，分作两等：有钱的人，多由吃肉类食品而生。无钱的人多由食凉食瓜果等生食而生。姑不说无钱人的消化系病理，要痛说有钱人消化系的病理。富贵有钱人日酬应于饭馆茶楼，花天酒地，糖食油饭，十人五胃病。大家试看看，人到有钱，渐渐肥胖，食烧鸭久则面渐成烧鸭面。食猪肉多，则脸渐变成肉皮脸。食海参惯，则皮肤色渐黝黑成海参色。变化气质，毫厘不爽。甚至有生起满腹脂肪，行动不能自由。至请医生剖腹取脂，何苦，何苦！总之种种肠胃病，半为厨子病，馆子病，点心铺病，当初若从舌头上少能拒绝拒绝，多进粗饭，何至有此等危险。人类本为植食动物，仍然草食植食，便是天然规则的卫生，西人有《粗食猛健法》一书，真是卫生家要诀。我也想出一句简单关于消化的卫生话头，终身行之，终身可以不用医生，不进苦药，不恐怖传染的时疫，这句什么简单的话呢，就是平时饮食应该“不多不少，不迟不早，不滥不好”十二字。此十二字真实行下去，真是省了许多自来血，鱼肝油，补脑汁，胃气散，清快丸，独粒金丹的花费钱，身体也能自然康健。知道消化系卫生，排泄系亦自无问题。

尚有重要的神经系卫生，是人生一个保守大本营的根本法，神经一衰弱，全躯体休矣。他系无论如何健全，皆无济于事。神经系的大脑，犹之中央政府。由小脑而延髓，而脊髓，而周身到处之神经末稍，如中央政府发命令之有电报邮政铁道的各种交通。如果中央政府衰弱破坏，影响及各省各县交通机关，蔽塞麻木，虽有人民土地，尚得称为国家么？所以，于此系当极注意。损坏神经，原因最多，而受极重大的影响，约有数种。吾人要知道不但用有用的心思过度，固能坏神经，即乱思乱想，心猿意马。亦是衰弱自家神经一大原因。尤有一件事，最能毁伤神经，是心地不能磊落光明，使良知时时来反对，使法律时时欲干涉，使舆论时时来为难，七尺之躯，乃于高天大地中，时形踞天蹐地，魂梦不能安，精神不能快，渐渐影响于消化骨骼筋肉排泄各系，寿命短于不觉。先圣哲谓德润身，君子泰，君子坦荡荡，皆从修养品行人格，为神经之最要的保卫队。所谓以理义为干橹忠信为甲胄，此尤不可用力于这些地方，至老子所云“静为动根”，又云“谷神不死，是为玄牝”。此种修养法，固另有黄庭悟真参同慧命，及释氏净土禅定等等修养，非寻常简单数语所能尽。吾人只要用心得当，应用则用，应息则息，养其心于宁静之天，即道法自然之说，即居易俟命之功。不必读嵇康《养生论》，王乔《长生术》，自然无夭折之苦了。

今天时间也讲的不短了，不能从生理各系一一来研究。但在山西尚有二种重要特殊的卫生；换言之，即有几种环境的事情，妨碍极大的卫生，不能不再提出研究研究。即是山西煤炭最便宜，此间人用煤炭最奢，烧炕时间最长，此真一绝大危险。如奢烧三数年，尚不觉若何危险，积至数代下去，自然便看出明明白白的危险来。动植物本同是生物，大家看花园内熏花，可以了悟一切。如迎春、海棠、腊梅诸花，本来或到三月或二月才开花，若置火炕上，到了一月或在十二月便开了花，凡早开必早谢，这是自然规律。

人在火炕上睡将体温时时烧得十分亢进，自然达成长期易臻衰老期也易。要知易老便易死，势所必然。且成长期早，生殖期亦早，易犯早婚之弊。况产煤区，有种种白喉、弯腰、感冒诸症，为他处所未多发现。这样看来，我山西人对于煤炭的东西，危险不危险。欲免此危险，当省用始，当用南方式的木床代炕。厚填褥子或厚填稻草方可救济。此间许多友人，一至北平或江南，将习惯渐渐而改，身体益加康健，且亦难老，如某君某君即其例也。试再看此间极贫苦人，烧不起炕，子孙往往康健。一转到富贵，子孙便又衰弱。虽有他原因，然煤炭多烧与少烧，不能烧，确是一大焦点。尚有一件事宜注意应改良的俗习，即生小孩的生母，生后几处地方，多久不准吃富滋养料饭，且不准吃寻常饭，在南方生娘，不戒口，不必论，即河北山东诸省皆给与生产人“除初产生三四日外”，以尽量饮食，滋养料且甚浓厚，盖产后血气虚耗，必有培补方法，乃能恢复元气。然必令其久饮米汤，可云一种极不自由之虐待。女人固有因食而致病，然决不可因噎而废食，山西女人多易老病，缩筋病，亦为他省所少见。各方推测，大原因当归咎产后膳太少、欠调养二种病根，此事大家若不细心讲究，逐渐改良，实于山西人种强弱盛衰，有绝大关系。用科学种种来证明，皆有充分理由，并非是鄙人无端生出杞忧来。

且鄙人与朋友，皆有一两度，冒险反对此等习惯，实行试验。乃知决无危险。大家不信，将夫人送至医院生产一二次，照医院新方法来进食，即可知不必用食稀粥旧习惯，生产人不特毫不危险，且处处合卫生原则，方知此间生产后不敢食面饭，一种多年的迷信，积重似乎难返。此等迷信，若不快快实在打破，使女界永不能健全，即使子子孙孙永影响健全，实在是说不尽的贻害，实在是莫名其妙的吃亏，令人谈起寒心，想之悲痛。望大家一齐起来，研究实行改良，就是真心讲根本的重大卫生。总之吾辈上列所研究的卫生，并非唱高调，也并非谈学理，真要当天天时时刻刻去实干，去实地练习，实地经验，才免得了东方病夫国的徽号、五分钟热度的批评，转弱为强，转衰为盛。积极根本的解决，即在极寻常最经济的卫生。大家究以为如何？他日尚多机会，当再来与大家从头细细研究。

芝兰对语序

华夏品物，古不区分。轩皇始分种为三十六，药为三品，张华《博物》，列物性、异兽、药物为三目，陶弘景释古药为三百六十五种，李时珍乃又分为金石、禽兽、虫、鱼、菜果，正名辩物，似有进，然于生物仍无生态、形状、生理发生之系统。而群书编订虽各有目录，而分类定义多部之详。瑞典林那集分类大成，乃细分无生与有生，有生分为动为植，复精分植为四十族，总总林林，乃区以别。不特弥民生、农艺、栽培、牧畜、豢养之缺憾，而艺文、雕镂、塑绘其它百科之学，沿流溯源，派别群分，穷形尽相，已渐入于近世所谓真与美之精微矣。抑又闻美学家言，研美感递进层次，其间有生物美、种族美两级。艺术者流，形容群生生活情状，以激发人心智情绪，曰生物美。艺术者流，揭幽雅、祥瑞、虫鱼、草木，若麟凤芝兰，一种一族之名物，描摹点缀，使浏览玩赏者摩挲想象，渊永其情味，曰种族美。故文人词藻，能取材异兽珍禽，奇花瑶草，瑰奇幽邈，怒发心花，达其形之所不达，言其形之所难言，尚矣。一日殷君仲良，以所著《麟凤联吟》授余，余三覆终篇，益知鼠肝虫臂，马勃牛溲，皆是供文苑词章宝筏。仲良其博物君子，明于分类，且大深美感者也。余当时谓仲良，既有山龙华虫之艳丽，比兴其情文，未及金玉叶之菁华，清新其风韵，好辞绝妙，美犹有憾也。观夫无生而形容以有生，岩名虎豹，石号虬龙，精神已显，动物而命名植物，草木龙须，菜题凤尾，华彩固益彰，若进而兼收淑惠嘉禾，苍松翠柏，与羽毛鳞甲，洁韵高言，浓淡相同，共低徊于纸上，以视龙骧虎步，兔走马飞，独往独来，又若别有天地，不可同年而语矣。且《说文》《字典》，从草从木从禾，与从犭从豕从马从鸟，字数相比无不及，古籍若《山经》《尔雅》《毛诗》《离骚》《三都》《二京》及唐宗以来诗文说部画谱雕型，大都旁征花木，或过鸢鱼，至于高人词客，逸少爱鹅，逋仙好鹤而外，强半爱松、爱菊、爱莲、爱梅竹，咏叹流连，终其身不之倦；盖鸢鱼所以呈游咏遨翔之态，花木所以传婀娜偏反之神，异曲同工，固无一不相辅相而行者也。仲良闻余言微笑而答，以为固有志焉，而未之逮，徐将有以成之也。今几何时，复以芝兰对语示余，余复读此篇，搜辑今古，参契玄微，亦勤且详，如入金谷园，登龙君宫，神奇宝藏，目不暇接。昔人所著典林串珠，多所未及，夫以大，生广生，万紫千红，穷人事之繁颐，而形造化之机缄，诚可谓周物之志莫精，前氏之用莫博，嘉惠艺林，周而且至，岂徒《急章》《千文》《蒙求》《鞭影》，四语诸书，并传不朽哉。稿既成，藏之深山，无当也，曷亟锲出以公天下后世，斯好《麟凤联吟》两美合而二妙并，其亦古先圣哲，犹龙可赞，朽木当称，商羊既识，萍实应知之意欤。虽然，仲良致意于此，尚美之一端也。今后海内学者，诚皆能于其所传习之墨守，深造有得者，博采众说，类分系统，出之以整齐，使观览者，悦美生其情趣，则皆可行远而显之于时，中国古今所遗高深宏博之学，何至长为尚美之世，视若无睹哉。此仲良所引为同调，心焉许之，而未能一一次第行之者也。

丁丑序于并门孔子庙之图书室

《日月争荣集》序

宇宙茫茫，阴阳二气尽之矣。品物纷纷，正负异极尽之矣。兆庶芸芸，男女两性尽之矣。是故欲究宇宙穷品物奠兆庶，其燮二气探异极定两性端其本而轨之于正而已。易家八卦。女正位乎内，男正位乎外，男女正天地之大义也。又曰父父、子子、兄兄、弟弟、夫夫、妇妇，而家道正，正家而天下定；盖乾道成男，坤道成女，乾知大始，坤作成物，欲神治道，首定乾坤，其知本乎孔子删《诗》首《关雎》言男为君子、女为淑女，二者德成然后家可齐，家齐实为诚正治平之枢纽，晚近究治术者，教设于校，法约于民，终而演进村治。观王道于乡，为人治始基，不可谓非扼要探源者矣。然大地百年来阐发科学，张皇技巧，心益工，智益机，情益奢，祸争之烈，无人旋转，不可以终极，而奸商暴客，冶郎游女，霸道邪说，雌黄鼓激，淆乱其间，其始国曰利，其继利灭国，其始人求器，其继器食人，其始也学明志明心，其继学丧志丧心，都野宵昼，烽火仓皇，水陆太空，地天荆棘，长兹以往，阅世成人，阅人成世，见闻成性将随人类人心好奇趋势，终不知其所返，人与人，族与族，国与国纵横冲突，杂踏蹂躏，竞胜斗丽，神疲力竭，所谓天地闭，乾坤毁，有其时耶。求其故岂男女两性人类未尝加其意于胎教蒙养耶。呜呼，谁为厉阶，千年为梗，长夜漫浸，何时达旦，东鲁对凫九十老翁，大为之惧，取刘蕺山先生《人谱》，竭其名为儒教作《圣编》，取吕新吾先生《闺范》，易其名为《儒教壶德救劫编》，风行遐迩，以为男女两性规范准绳，又恐分而不能合，偏而不能全也。乃复合此两编为一编，正其名为日月争荣集。其亦古今之伤心人，被发缨冠，欲有以潜消人类之酷烈厄运者欤！华夏有史以来，关于男女嘉言懿行，群经诸子以及语录传记，固何可指数，然此两编所载平易亲切，纯粹以精，实乾坤之正气，贤哲之信史，果村藏一版，家置一编，父诏子，母诫女，涵育熏陶，沦髓浃肌，风气移易，否极泰来，岂能以意想测耶？夫孔门教化，先志道据德依仁，而殿以游艺，今东西教育制度初高小学，间或教及品性，然乡里俗师，学焉不精，语焉不详，中学专门以上，大都习工艺园艺文艺，以及算术理化图绘射击驾驶诸科，而修身进德，只听一二自好之士自修，理学之哲学理论，经生僧侣教师之演导，重视轻视，未获平衡；艺术日益，人道不进，河山破碎，群情扰攘，实无道转于镇静，今全球人类已加意于东方经史子集，遍翻其文，然吾国群书理解微奥，意蕴宏深，文字高洁，一经重译，精义晦涩，非湛深玄理者，不能悬想而会其通。细读此集，例显义正，布帛菽粟，译易成章，原文流行中国，译文流通各国，日月经天，荣光放射，后此瀛寰男女，咸恍然于真正之知仁勇，如此如此，真正之性道教；如此如此，真正之人格，真正文化。如此如此，而非礼之礼，似义之义，无明之明，不道之道，小慧之慧，乱德之德，咸闭藏消阻于灿烂之光天化日，夫妇男女惺惺心性志气人人如神阳明子云：昔镜未开，可以藏垢，今镜明矣，一尘之落，自难住脚。夫是人类所企望于和平乐利之盛世，其庶几乎，其庶几乎！

丙子春序于山西洗心社

序李甸春《飞白书集成》

古今流传之艺术，必含其高深渊永之奥义，有历数千年递衍而益臻美善者。亦有历数千年绳继而转几成为绝学者。此虽其境其地其时与风会，好尚影响，其实亦后之人未能阐扬传衍，奚可卸其责耶？飞白一书，久著艺林，书家至右军，英杰若唐宗，皆以此工其法而兼擅其名。盖飞白为艺苑别裁，书圃逸品，考之碑碣，征之传记，实为历代善书中采形神之所寄托，妙趣之所流露，然其笔万豪齐下，排列精微，艰于镌石，名世虽多，遗传究少；逮于今日，吉光片羽，不克寓目，而流俗好事，见闻浅陋，真赝未辨，摹拟形似，甚至以竹屑木头，涂抹唐突，游戏滑稽，怪离其光色，趋途既歧，取材无所，故数百年来，此道乃益寥落。芮城李君甸春，以此书为中国特出之游艺，且与今之欧美旁行，于绘画中，及商贾应用工雅美术写法，区别阴阳明暗如出一辙，其布白结构，与近绘之投影透视情状亦相表里，如此旧物听其消沉，何以对魏晋隋唐先民哉。乃不间临池数十年体取小篆，法穷八分，分明向背，浓淡交错，神明古法，骎骎渐入乎妙而尽其悟其变化错综，于是采其古来残石，近世杰作，与墨迹议论，分为上下两编，编各六章，都四万余言。并影梓其夙昔与现时真迹，流行士林，为此道复兴张本，甸春之用心苦矣。昔宋太宗自谓得一古飞白障子，尽用笔之法，张燕昌自得宋大观中碑额飞白六字，其书益进于古，今甸春搜辑唐、宋、明、清飞白十余种，整理成书，非古所谓稽合众美，裁成绝艺者乎。近日书家评邓完白集篆隶之大成，张廉卿集魏碑之大成，吾谓甸春亦可谓集古今飞白大成者矣。

丙子冬序于太原

《浑源育婴抚孤院》序

孟子云：人皆有不忍人之心，又云恻隐之心，仁之端也；此不忍人之心与恻隐之心，即天地之性，生民之命，磅礴流行于人类，得之厚者，为善人，为有恒人。得之薄者，为俗子，为凡夫，得之既厚，不能修养宏大，扩之于世，及于物，犹仁之不熟，等于稊稗，与苗而不秀，秀而不实者，无以异。是故羲轩尧舜之所以为羲轩尧舜，夷齐沮溺之所以为夷齐沮溺，桓文庄穆之所以为桓文庄穆；朱家郭解之所以为朱家郭解，皆即得此性与命之厚薄，暴寒存养之同异流露于动静云为，成为事功，见于气节，发于祸乱耳。然既知养其性立其命矣。其才其力苟不能推或推而不能出之于纯粹，以正，皆为稊稗与不秀不实仍无以异。礼运谓不独亲其亲不独子其子，鳏寡孤独废疾者皆有养，天耶。敷教亦先于矜孤恤寡，施医养老怜贫急先务，东海西海，此心此理，固无乎或异也。余观浑源之育婴抚孤院，自缘起及今日，知郭金钟、蔺乐、原耀孙、左衡堂、李东堂诸先生之能恒其心，乐此不倦，大有过人仁术弗可及矣。夫郭、蔺诸先生，或劳以工，或务于农，或经之商，口未尝诵典、坟、邱、索，足不出户庭间里，而所志所行与古今中外仁贤，若出一辙，其艰苦卓绝，孜孜终始不之他务，其必有物焉为之基矣。使郭、蔺诸先生夙博其学时尚友千载圣哲，得际遇假事权，尽其仁慈救济之量，其丰功伟绩更可想见。古昔圣哲贤王，所以发政施仁，恒以仁声仁闻格被天下，而天下归仁，长治久安，民乐其业，熙熙皓皓。如登春台，盖感召以仁，犹水就下，草之尚风，北辰所居，众星自然拱极，必然理也。郭、蔺诸先生，勤勤恳恳，至今前进犹未有已。远近闻风相继起者，大有其人，由一村而数村，由一县而数县，而千百县，积数十百年递演普遍流行，岂有涯哉！岂有涯哉！夫达而在上固可以善其政，穷而在下亦可以弘其道，博济之业，固不可以穷达间也。今此院所定各章程规则，精细周密秩序整然，慈善者亟取而法之可以推其恩而尽其心，固其基绵延于后世而无终极。郭、蔺诸先生勉乎哉！大地呱呱，喁喁满目，富人金粟分散需人世之率性，立命君子亦可以奋然而兴，有以补救造化缺憾也欤。

民国二十六年岁次丁丑月日立石

重印黄炎培《成功百诀》弁言

庚午夏，璜于北京故宫破纸堆中拾得《成功百诀》一本，系黄先生炎培所编，薛先生笃弼所印，沈先生有乾所译著者。为美国人生胜利学名家布林顿氏。璜读终篇，低徊三覆，忆自少迄今所见所闻比较东西，吾国事事无不落后，着着莫非失败，综其因果之乘隙，卒未能得其系统。使我生以前，吾黄人果皆如此失败，何以立国至今，尚巍然于东大陆，果使自今后仍长为如此失败，几亿民族，真无以淘汰种之奇祸，此书立论于励己建业，真实透辟，迥异寻常。乃恍然中国近数十年来，所以颓废如此如此，友邦近数十年来所以勃兴如彼如彼者；其故固不可以一言尽然可以一隅反也。夫人类既落此争竞世界，境遇应付应自有经权常变，宜常而不守常者败，遇变而不应变者亦败，成功者能出入乎经权常变之间，而不失乎机者也，《诗》云：他山之石，可以攻玉。此篇其庶几乎！时付剞劂，以为自修者之辨证，出版不数日，取阅一空。今此间喜览其书，亦大有人复为付梓，谨志颠之有心人以家国成败者，量力大小及时转为翻刻推赠，俾人置一书，家藏一篇，未始非立己立人，成己成物之少补也欤。

民国十九年作

堂兄濂希遗书序

吾兄濂希之将易箦也，家人问后事不应，问不已，乃曰："吾生来致力于大者，而大者无所成，琐琐家事，乌足言。"呜呼！是可以知其志矣。三军可夺帅匹夫不可夺志。不朽有三，惟立功似在乎天，若立德立言，则天无权而人皆得自操其券。兄少聪颖，弱冠而后，挟其抑塞磊落之材，游赣游燕游吴游洛，独于晋则两度来游，先后历三载之久，尝与余昕夕促膝纵论今世危局，内外交讧岌岌不堪终日，若不胜其悲愤者。既而辗然笑曰，今之中国病势虽重，犹人猝中于疫，非必死也。知其为疫而攻之达之，则病自霍然愈。吾特患术之不精，无患病之不治也。呜呼，是可以知其志矣。台州自宋迄明，大儒有十，载之《尊乡录》，其最著者曰杜清献、曰方逊学。逊学气节文章，昭如日月，非今日人所敢论。清献处端平之世受特达之知，位跻宰相，可谓得行其志者，而乃以立朝不久，未竟措施，天下惜之。其余诸子，则皆数奇，非老死布衣即沉沦闲散。孔子曰："不知命，无以为君子也。"古之君子，为命所厄不克偿其志者何限，独吾台诸儒乎哉，独吾兄濂希乎哉。吾兄著述沉浸于六经，胎息于诸子，穷源于洙泗，竟委于姚江而又间以禅宗奥旨，释儒家神化之功，浩瀚汪洋。余每一读之，而魂悸魄动，莫窥其涯涘，其敢以言弁诸简乎。同邑黄渭夫明经黄咏棠明府，重兄行谊，愿合赀以梓遗书。是其学之精粗纯驳，天下后世，必有人焉知之，而评议之者，无待余言为轻重也。揭其大略，弁之于简。亦哀其志而已。

岁乙丑立冬后十日叙于太原洗心社

《山西省立图书馆书目录初编》序

人类进化，学术普及学校阶层，由读解而专修，由专修而自修，而研究，图书萃集，由国款而省款，由省款而县款，而村款，私款。学校所以开图书馆之先，图书馆所以济学校之穷，互相因缘，互相发展，进而解剖之，吾人学校受业之告终，即图书馆肄业之伊始，学校为有期有限之图书馆，图书馆为无期无限之学校。综过去事实以演绎未来，数十年内大地无论何等国家，何种民族，稍知应化竞存者，其必次第循此人为辙迹，顺其天行公例，乃得沾同等文化享优级人权，然则今日舍图书馆加速度之进行，实更无有为人群紧急之任务者。环瞻吾国此项事业之组织、之宣传、之扩充、之精神形式，果若何，满足国内学者之需要，差强外宾之人意，果若何，年来执政当道及各界之有提倡力，克大加注意谋种种建设者，又果几何，虽其间国家多故，军政时期不无影响，然华夏交通海外互译文字，实越百年，摹仿近世欧美学校制，亦近四十载，岂自修研究尚未多其人耶。岂藏书家购置家所在都有，学者无须借助公共书籍耶，抑岂民生皆为经济所窘迫，生活所束缚，而无暇及此。抑岂东西民族之压逼，尚未之极，东西文化之比较，一精一粗，一整一散，一实一浮，一进一退，一旧一新，尚未至自觉自奋之时期耶，观世界今日图书事业之猛进，变人力输为机器输，改横叠架为直叠架，进科分类为字分类，换装订目为卡片目，光线之适宜，空气之循环，装置之优美，纪律之整肃，保存之周密，采访之普遍，接待之委曲、诚恳，经费之独立充裕。改观变态，实隐隐适合大宇宙演进之层级，以辅相人群感觉上思想上充分之改革，璜忆自从次陇允叔、向青诸先生后，经验此中历有时日，而图书之所征集，所购置，所寄贮，所赠与，迄今寥寥只有此数，又重复若干，破碎若干，时间性之过去若干，见绌相形，筹维再四，此馆目录，实无付梓之可言。顷田先生玉如，聂先生光甫竟辑编成帙授璜。璜乃读未终篇，俯仰今昔，瞻瞩中外，不知何以苍茫慨喟，交集须臾，低徊心理，而终不能去。由此推测，今者吾国或吾国以外至凡有意志于图书，普饷同群，而未能稍偿其愿，见及此项目录，因必联络再现起所见所传闻一切雏形图书馆之印象，平时之所希冀，及其计划完成，实现尚未知遥遥在于何时，其大脑中感触之快不快，当必与璜此时情绪含同一之观念，尚何疑耶？地上天国全在作为世外华胥，岂终理想，老氏云："莫为天下先。"此事何时，岂犹可因循疏忽，长落世界后乎？急起直追，兼人奋斗，弥补东大陆黄人过去之缺憾，骤与所谓今日地球上之一等国之布置设备，相步趋，相平等，相发展，庶几民众之有志自由竞进人文，欲为四亿民族先于学战争胜利者，或大有以贡献也。

民国十年作

《山西大学校癸酉中国国文学系同学录》序

本校文科中国国文学系第八班各课试既毕，同学将散四方，不可以不记载，以为异日之声气。属璜弁以言。璜以文者，统天文、地文、人文，包罗万有。先圣所谓"天之未丧"，又云"文不在兹"，"文质彬彬"。盖文所以见道，亦所以载道；岂仅余力所学，列四科四教之一而已哉。海通以来，东西语言文字，群艺百科，猬集华夏，其有志亟欲取法列国之长补我短者，咸瘁力于彼，而于此或暂从略，而流弊所穷，几波及神州民族所以立国之本；时势使然，忧患者固亦无可如何。诸先生于此，不遑他务，读怵然于国学湮没晦否，孜孜焉，破樊入奥，寻其津涯，其皆今之有心人，别有怀抱欤！且此数年肄业之时，正全国民生极其颠连之日，同堂所感悲愤，岂寻常负笈者所可同年而语，同堂相对，岂不谓中国之敷措设施，内外轻重，本末先后，或者有所未适，眩其皮而遗其骨，务其用而忘其体，主宾喧夺，如失舵之舟，鼓荡于洋海间；凛乎而不知其所止。夫以炎黄华胄，美粹六书，积五千年历史，经三十三朝之蝉蜕，递演而格致诚正，修齐治平形下形上，散见于经、史、子、集、杂家，以及郡县志乘断简零章者有序有物，浸寻流播，涵渊汀泓，浩浩乎茫无际涯，抑岂不可发扬而光大之哉！微而显之，统而系之，例而实之，糅之使化，会之使通，文之使远，穷其思虑，豁达洞开，正时之倾，以纪纲其政教，皆为同学去校后所有事，固可预期拭目以待之者也。然而今之聚散悲欢，亦岂寻常之聚散悲欢也耶。望溪有言一时所与游好，其人之精神志趋形貌辞气，长若近在目前，而况几易寒暑相欢摩，毕世会辅相攻错者乎。因略述其研求斯学之初心，年来所遭厄及他日之相与有成者。笔之于篇，亦所以永一堂朋辈无限无形之感，若夫世俗汎汎离合之语，不敢有所蹈袭，惧无以当诸同学经世济变远大之志也。

癸酉夏识于山西大学之文学院民国二十二年作

序《山西大学乙亥各系毕业同学录》

山西大学乙亥学系诸生，学既成，有司遵令试毕榜发，揖别将有日，乃序次师生籍贯姓氏，一一摄状貌汇为录，同人都赠言。问序于璜，璜维今者俊髦多士，咸造在庭，叙而将散，合而复离，虽似学校历年人情循例故事，然实他日国家之大之深所攸关也。昔邵尧夫少求学于里人，遂尽里人之情，稍长求学于乡人，遂尽乡人之情，及壮，求学于国人，遂尽国人之情。诸生负笈辞乡里来大学，夫今大学，即古者辟雍、成均之学，聚国子俊秀，课以三事三物，以为平治之用。诸生不以乡里之学为足所志之量，尽所达之情，将以玉成身心，备天下奔走，固志尧夫之志者也。诸生离家乡几何年，进此校几何年，见闻都市情状，感慨民族艰危，学习中外百科图籍。师友一堂，上下议论，时必别有领悟。动其心，忍其性，慨然愿出而分其责者矣。然则临别刊此，岂犹是昔年《题名》《同官》诸录，与夫在里在乡，师友迎送酬应云尔哉。曩者河汾讲学，英才济济，房杜魏李，拔茅连茹，成贞观治。清季张文襄来晋，设令德、晋阳，征调多士，国体改革，同升辈出，多所建树。盖朋友为人伦之一，处之久，性情学问平时流露，谁优文学，谁善政事，谁长言辞，谁优工艺，谁尊德性，故一同学出，而数同人蝉联鱼贯以进，虎啸而风生，龙腾而云合，人间世固有自然感召。西谚云，无朋友之人，虽在世上，犹处旷野，不易理也。况今外族凭陵，实逼处此，早潦刀兵，于斯为烈，世界人群，角力尚利。夸奢斗巧，海陆天空，桃源何处。亭林顾氏云，仁义充塞，人将相食，谓之亡天下。是故知保天下，然后知保其国，今大地暴横人种岂止欲亡人国，且真欲亡天下亡人类也。继而今，诸生自当各尽所长，各成所志，各雪所耻，各弥所憾，成己成物，为东陆黄人消厄运，即为各色民族成和平长治之基。夫如是，他日同学相逢，按籍览影，振衣抵掌，刮目相庆。余以为某君果收文学功，某君果擅政事长，某君果显言语用，某君果优工艺学，某君，某君，某君果根德性，而功皆抵于成。此时此录，岂犹是寻常沿礼仪之物，徒于朋辈风流云散之后，藉以消息凭依声气形神而已哉。

撰于并门绿天旅舍　民国二十四年作

植树纪念谈感

乙丑之春，璜复参植树于并州文庙之南，四顾徘徊，万木参差，绿欲成荫，不觉百感交集，怦然有动于中。夫世界各国于一村一邑，恒有园林，使男女老幼朝夕游憩，以畅生物之天机。我国滨海交通之地，或名都大邑，间有公园，然大抵设自东西侨民，华人过其门不可入。其倡自中国者，则又酒楼茶肆，纷然杂处，嚣喧尘俗，不可终日，岂江南之桔，迁地勿良哉？昔者汤囿方七十里，文王囿方百里。刍雉不禁，与民同乐，化日光天，恢恢乎其有余。盖华夏固有民性，含宏广大，固早于园囿见端倪，岂徒培养几草几木，纳凉散步，日涉成趣而已哉。今太原城中居人十余万，无丰草茂林为风咏之地。文瀛湖畔，虽林影波光，少有风景，然败柳枯杨，半折直裂，婆娑生意，恐不数年，将归零落，时城中人民其又将向何之焉。斯庙左右，尚有公私隙地，约一顷有半，东有小五台，邻接城隅，地形高旷，俯视全城，西眺汾河，水光接天，南瞻群麓，古塔迎眸，此诚天然一公园也。诚设园于此，因势划分，标为全晋舆图，高低其地，蜿蜒其渠，形似汾河太行，复按区略布各县原产动植矿石，表其出处，及自然之生态，心乎政治者，入此园中，见生物之罗列，土产之繁殖，悠然而起富教之念。心乎庶物者，入此园中，见万象呈态，四时变化，定名辨物，尽相穷形，豁然恍然而动精察之趣，剖验之情。心乎文学者，入此园中，见山河起伏，万类错综，叶底花间，虫声鸟语，山颠水涯，鹎集驾临，猿啼虎啸，怡然而畅，旷然而远，逸兴壮思，勃发而不可遏；其他有心人应物付物，见深见浅，见仁见智，皆如是观。然则此园之引人入胜，虽较古人之园小，较今人之园之用，似宏且大也。愿与来此同植者，渐渐共成此举，后之游斯园者，复时而增修，时而仿效扩充。始而三晋而通国，而通国村落，则正吾人今者感触相期之愿望也，恐事过境迁，不克竟成也，乃笔出以商于同志，必将有能终始其事，预坐而言者，终可起而行也。

民国二十五年作

丁未敬告山西大学博物班诸生

同学诸君，璜少疏放，不事学业；及长稍知读书，然半事时文，揣摩风气，人世切实之学，真确之理，茫如也。越厥庚子，时局益急，朋辈赴东求学者日以众，璜乃出游上京，壬寅入大学，择质之近而可能者，习博物科，涉猎大略，数年于兹，以地球之大，年代之古，万类进化，井井历历，西哲每殚精毕世，莫穷涯涘空疏如璜，耳食几许，是窃泰山卷石，饮东海一滴，微乎藐焉，何足以言博物。今提学锡公，太史解公，谬相收拾，承乏此席，抱虚拥皮，惶愧莫名！谨按定章学科，有博物动植一门，爰本东师，桑野、矢部二先生所授讲义笔录，预算本堂毕业年限，抄摘成集，质之诸君，诸君不以无所赞助，谬误之处，仍许互相辩证，所幸多矣。然璜尤有冀者，自神农辨性，《山经》志异，《毛诗》写物，《尔雅》释虫鱼草木，他若史迁《货殖传》。谷纑材竹，马牛羊旃，张衡《两京赋》。枞栝梭楠。鱼与鲔鳔鲤，以言考据，亦渊亦博，然文人笔墨，终涉囫囵，语乎名物系统，似付阙如。迨隋唐以来词家，间有笔及，类皆写摇曳之致，状飞跃之形，自桧而下，尤无足采。夫中国有史迄今，落落千年，博涉万里，生物知识，只此程度；东亚之辱，吾儒之咎也。晋省山陆错综，动植飞潜，灿焉罗列，诸君诚能标本万物，图籍群生，鞠鞠粥粥，随时考核，精理发明，岂无少补。语云：贞下求元，竟夜望旦。诸君应亦表同情而肩其责也欤。

光绪三十二年作

宁武王业先生传

先生姓王，名业，字洞东，宁武人。天性谨严厚重，事亲至孝，宗程朱，少喜读《小学》，《近思录》，后精《周礼》，居恒主敬，而尤殷殷乎礼，谓仁是安宅，礼是入门，学从礼入，是正路，为先生独到处。一生致力于用中，持志、穷理、存诚、行恕，尽性、应物、敬教、主静素位诸大端，而以艰难困苦为深自刻励。为人纯粹朴实，不屑周旋世故。处人正直，不姑息，诚好恶，强横见之屏气。然责人严中有宽，故鲜怨之者。爱人以德。可教者，谆谆委曲告之；不可教者，处以默然。故玉成于不屑之教诲者，大有其人。先生面若秋霜，心如冬日。不知者以为门墙高峻，即之久，则知其蔼然可亲也。平日布衣蔬食，淡于仕进，无妄言，无妄交，不干不屈，内外如一；遇有关世道人心，济民生疾苦事，则毅然以为己任。对于家族扶危救困，多难人所难。先生有婶母丁氏，孀居无出，先生奉养，得安节义之志。后瘫痪十数年，不能行动，为之购地贮金，以粮息赡养终身。有堂婶马氏，子外游不归，无所依，先生接诸家中，养至殁。弟植外游二十余年，绝音讯，嫂侄日用皆给自先生。亲族莫不感动，相率敦睦。孝感屠梅君先生，长令德堂，讲朱学十余年，乐平李菊圃先生，长晋阳书院，讲大学，几二十年，先生皆执弟子礼，及门听讲。王先生遐举，杨先生仪村，杨先生秋湄，次第主讲令德堂，皆为先生所亲炙。其时芙塘谷先生，礼泉赵先生，次陇赵先生，皆以先生为畏友。岑云阶抚晋，闻先生贤，任先生密查归绥一带吏治。庚子教案起，民甚扰，当道委办善后。高理臣学政下车，即调先生襄办山西大学。山西巡抚张晓帅，器先生言行，世林矜式，任先生倡办师范，以矫士习。辛亥革命，当道征先生备顾问，先生虽与参赞，未尝受月薪，以为起义无功，事成不可受禄。后辞归，遣使馈川金，终不受。家居筹办两级小学，及宁偏神五四县中学。民国七年，有育才馆聘请先生掌教务，先生乃欣然出。数年间以诚正修齐启发后进，桃李遍晋中。出其门者，多束身自好，有循吏风。在馆月只收三十金，余薪均不受。馆长赵次陇，密为一一收贮，积至二千余金。逮先生卒，其友佩兰、刘伯琴，乃为提出存金，尊先生素志，为倡办地方公益事业。先生著有《道德真元饮》《修养学粹》《论语修身学》《经世文学》《王氏语录》《图谱史略》《令德堂日记》《涧东学说》《永鉴》《王氏家谱要略》梓印行世。晚有二子，教以六经，兼习兵农。以为当兹国家积弱，专以诗书继世，非为长策。盖宗程朱，又近颜李学派者。先生于民国十年疾终育才馆，时年六十有九。疾初发，与诸生解释义理如故，疾危，友人问疾，先生略叙病理后，仍正襟危坐，旁征曲引，言不离庸德庸行。谓克己复礼，为孔门根本之学，无一语及家人与身后事。易箦前一日，犹亲录出诗数首，示问疾者，皆咏歌躬行实践性理之精义，无一等闲语，可谓有始有终矣。至今凡先生故友及门弟子，谈及先生，钦敬之情，未有不形于言色。若先生者，其亦君子也！君子儒欤。

《临浦钟氏本支世系备忘续纂重印》序

家有谱牒之所作，用以明氏族，识爵里，别亲疏，理长幼。庶使聚而不渎，散而不阂，久而不湮，远而不遗，一本之亲，求诸一卷之中，俾得式仰于宗宗，以虔源本之诚周，洽所亲亲，以长睦让之风。诗云，缵戎祖考。书曰，亲睦九族，由来尚矣，寓教深焉。吾友钟子凷久，近以其先德所记《临浦钟氏本支世系备忘》从事续纂。既成见示，并问序于余。受而读之，其中所载，传历数百年，继递十余世。绵绵焉，秩秩焉，嗣德光业，长恩明谊，信夫厚德兴家，积善昌世。兄矣，其可征而是帙也，创于乃祖，成于乃父。今凷久复取刊印后七十年事续纂，而使其备。父作子述，孙复克绳，可谓能缵戎祖考，亲睦九族者矣，能不令人展卷而生慎终追远之思耶。推辞敦本敬宗，承先启后之用心，其克昌厥后，左券可操也。是为序。

公元一九五六年夏正丙申岁秋日黄岩柯璜序于渝州

《平民新字说》序

神州极四百万方里，一系相延五千年以上统一民族，以六书之结构，孳乳繁衍，而成个个卓然独立之传统文字，博大深微，为东大陆黄族精神作寄托，固未可以浅尝计日成也。然近世民族与民族竞胜，靡有涯涘，而互市交通，名物智识，益形其繁颐，一民族欲争存于世界，非人人得普通见闻，寻常理智，无以显个性之本能，夫我国文字，能供上智毕生之精研，不能以数月普及其平民，能表高深玄妙之意义，不能以平易简明豁市井工农之心目。盖其高深已超乎方言，奥妙直进于艺化，而平民教育，普及之速度，无形受其影响。间尝按西人文字，字母拼音，右行而小写小草，字母拼音，则语文易统一，右行而小写小草，则点划多雷同，轻圆流利，而书之易。东人文字，根汉文片假，注和音平假，系之以语尾连接形容诸词，与俗语相贯通，高等文字多汉字，下等文字多假名；上等人解汉字，下等人识假名；故上等人能读上等和文，下等人只读下等和文，东西列邦文化传播易，且多普及。其人百分之九十，或是故欤！我六书文字，除形声外，若指事，象形，会意，转注，假借，大都不能以直视直觉而得其字义；故史籀、李斯、皇象、沈约、孙湎、陆法言、释守温诸家，皆欲于繁中进简，庞杂中求序次，由篆而隶而楷，音声韵切，沿袭递蜕，力以进于条理，然虽变以八法，分其五声，利于士林文艺，终未能改革古昔虫、鱼、钟、鼎、点、划之纷繁，于平民识字终无补也。清季东西文言杂进，读书认字，中外显分难易。欲改革文字者，乃本中文韵切采西文拼音，取东文片假，作官话字母，和之者不乏其人。入民国二年，教部召全国开统一国语大会，依劳氏乃宣，王氏照字母，互证损益，而定国音，迄今二十余年，吴敬恒诸人，上下提倡，不为不力，而尚未能适用以稍流行。求其故，盖既识字者，不喜旁注之赘疣；不识字者，本亦无字之可注；此一问题极全国研之熟，终无以善其道。今读临汾贺氏生乐《平民新字说》、《字原》、《字汇》三卷，简易明白，序次完密，易十七寒暑而成其系统，字母只三十有三，字划不过九数，拼音在上，表意在下，统《说文》九千余字，《广韵》二百有六，《字典》五万字，无不可以会意形声求，是得西文字母拼音之简单，取东文片假注音之平易，根据古汉文精深字义，而筑其基于国音字母，似收众长，广益而集其成者欤。然则吾人之有境遇裕工夫者，宜专习古字，无境遇而少暇晷者，可试习新字。著书立说，用古字，布告传单，用新字。大报杂志，用古字，小报夜刊，用新字。习古字后习新字易，识新字后认古字，亦可能无师而得门径，重古字所以载东陆文化，行新字所以医全国文盲，见深见浅，并育并行，固无不可也。彼夫盲童学校，字母四百零四，分以四声，得千六百一十六。瞽者以手指触法，数年会通，与有目者同，况有目者乎。吾国近来文法既分文言、白话两系列，今若又分古字、新字两系列，则有粗有精，有难有易，文野并列，取用不禁，积而久之，或当无一夫之不获矣。则此篇新字，或者有补于我国民族生者，一种崭新趋合时势创作；世之同情者，来取法；虽然天下事，往往有发现发明，奔走告诉，一时不能见诸事实。人情易于观成，难于图始，古今同慨。果大力者见其用心之苦之周，而负之以趋，而又贞之以恒，反复试验，能如其言而得其果，乃扩而充之，大有造于全民未可知也。余昔年感中文及东西文字之互有浅深难易也，亦尝学习草章，欲研书写之减省，卒未有所折中反之于约，往来胸次不能以自克。细玩此篇，集合新字众长井井有条，获我心矣。证之今者全国欲克期廓清文盲，运动识字，运动读书，人人之心理，当亦无不乐字说法之简而习之易，应必有加意赞同者。信笔书之，弁于篇，质诸世。

乙亥春谨序于山西太原民教馆

此篇作于公元一九三五年。当时全国学习注音，我亦用过数月工夫，未有所得。贺生乐君，以积年所作平民新字说，属序。乃三复之。见其头头是道，言之成理，或者能补注音之穷耶。乃欣然为序。然贺氏出版此说，鼓吹有年，而终和者寥寥，随亦渐灰心。今知中国文字六书构造，适合传声纪事，根生蒂固，而历代篆、隶、草、楷，点划、形象、形声，各呈美丽，大可自豪。因附录此序，见余当时之于新字改革，亦大表过同情也欤。

由太原三十年中观察中国礼俗之感想

余寓晋中适三十年，自始迄今，其中礼教风俗进退沿革，诚不胜陵谷沧桑之感。就余之寓于目，触于心，次第回溯，历历如在，表而出之，敢以质证一般之心理。三十年前，学生多服乡村寻常短衣粗服，继而大衫大褂，而制服礼服，间而革靴西装矣。三十年前，代步用轿车，继而洋车，而马车，而足踏车，而汽车、飞艇矣。始而不易见楼房，继而由一层，而二三层，而盛行宏大西洋建筑矣。始而几处晋厨饭馆，继而南席豫菜，杂用西式大餐，盆花罐肉，洋酒洋点矣。始而有本地鼓吹梆曲，继而南腔京调，雅乐西琴，而新剧，而有声电影矣。始而街头市上，菜灯明灭，夜少人行，渐而煤灯、汽灯、电灯，通宵相辉映矣。始而仕宦学者，家悬几页古画，置几架旧书，空气沉闷，风光暗黑，继而华洋器具璀璨陈列，气温适度，光线合宜，鲜花鲜果，香水香烟，美感快感，适人天趣矣。始而妇女尽日盘炕，户庭不出，弯腰小足，高髻脂粉相习惯，继而放足剪发，淡妆素服，健康相好尚相竞美。而且球场会社，男女两性，分庭杂坐，渐形自然，其他祭祀婚丧庆吊，拱揖，鞠躬，拜跪，莫不有因时循序之变通矣。由一方观，似乎礼俗由俭入奢、由朴进华、由简趋繁，而转一方观，则又似乎由粗野进文明，由拘执至开通，由守旧变适时。由前之说，礼俗之精神，似觉退化，由后之说，礼俗之物质，似形进步。以三十年一地方最短时期，风俗礼教之蝉蜕如此，再经数十年数百年，其一进一退，更当如何？太原之变化如是，先乎太原如上海，天津、广州、济南、武昌、杭州之变化，应亦如是。后乎太原，如成都、西安、绥远、兰州之趋势，及一切外县之乡村城镇，亦应如是，社会此种问题，果是乎非乎？损乎益乎？不可无正确之认识。以余鄙见，以为宜俭固守俭，应华何妨华，宜质固当质，应文何妨文，宜固执固可固执，应开通何妨开通；宗百代之遗传，融四围之影响，任宇宙大自然之趋势，为随时之应化。取得我人类应享受之特权，固全世界二百年来哲学者所公认，谓甲进化也可，谓乙退化也亦可。谓甲非退化也可，谓乙非进化也亦无不可；只要合乎时宜，应乎大势，文也华也，俭也朴也，皆无乎不可也。况今人群之生活，实距柏拉图之乌托邦，基督之地上天国，释迦牟尼之极乐世界，孔子之太平世大同境界尚远，不如此演进，则必落后，不如此竞尚，则必劣败，无可疑也。虽然，余尚有深刻之研究，根本之注意；盖汽车当常用，而汽油急当自制；用铁当普及，而钢铁必须自炼；儿童玩具，妇女装饰，固可华美雅丽，而零星工作，必须仿制，宝钟珍表，收音用电，固可灵便精致，而集资工厂必须林立；街衢、乡村、屋舍、公园、器物，固当雄壮清洁整齐，而全民精神心理，亦当如何振作，如何觉悟，如何建设，学界智识实验，亦当如何精进，如何丰富，如何发明，群然卓然有纯洁高深光明公正之胸襟；沉着果决坚拙功苦之毅力，如春夏云天花卉，蓬蓬勃勃，秋冬大地河山，沉沉寂寂，然后与衣食住行之形式，内外表里，一一都相吻合，庶几无流荡忘返，骄惰相生，适以伏败家误国之祸患也。今世界咸目我国为现今地球上最恐怖最危险之民族，世界又同时羡我国为现今地球上最舒适，最自由之民族。夫恐怖与舒服，危险与自由，公理上是反比，而吾国今日竟二者得兼，岂情理耶？世界多方来忠告我，多方来警诫我，我当如何欢然接受，奋然猛醒？经云：事有终始，物有本末，知所先后，则近道矣。及今而图，尚为未晚，鄙人观察归纳结果，只有从吾全国人后，注意于今后未来之有为之日新，而一切昨日之过去，及现在之种种精神与物质之现象，宜付之既往，作过去前车可也。

歌乐山创建林故主席铜像暨设立纪念馆捐启

敬启者，国民政府林故主席子超公，主政十有二年，国家多难，静镇雍容，道德事功，中外共仰。政府及全国人民，崇德报功，隆重典礼，次第举行纪念，惟歌乐山一地，亦当永留胜迹。按二十七年一月十日，公道经磁器口教育学院，与此间人士，谆谆论谕，注意乡村建设，于教育、水利、农艺、疗养、治安、经济、交通诸大端，格外留心，而以地质测验，这几人才选择，为建设之初步。是年二月二十六日，歌乐山乡建设遂以成立。从此民众来居者日多，公亦筑别墅于云顶峰侧，政余往来，摩崖点缀，树人树木，迄今七载，歌乐环山，蔚成名区。公虽倦勤，此间远近居人，每念及公宽柔仁厚，景行情绪，益觉依依如在。歌乐山为渝西第一奇峰，林壑幽邃，芳菲满地，山回路转，逸响迎风，烟霭青翠，四季皆春，俯仰其间，不觉悠然而远。居人等拟集资建公铜像，暨纪念馆永其观感，亦遂公生平优游此间素志，且与公陵相对咫尺，非敢有所提倡，聊以尽吾人戴感微忱耳。日昨同人动议，鼓舞欢欣，亟于落成意志，大有灵台经始之象。艺工两界，输诚造铸，俱形踊跃，全身立体，高伟，合金铜像，估计国币廿四万元；又纪念馆设备亦需卅余万元，发起同人固当陆续捐助，始终其事，尤希政界明公，财团当局，慨助巨款，俾早观厥成。心同理同，成全斯举，想我群公必极端赞同也。谨启。

金润民小传

金演昌，字润民，年五十三岁。现籍河南巩县，居汴垣。先世为新罗溟州郡王之后，父前韩正三品通政大夫，内阁秘书监丞，讳秉万，字宜乔。痛社稷倾危，奔走救国十余年，终以强弱势殊，亡命在华。国并后，耻食周粟，弃爵位，潜居汴垣。民元以复籍名义在内务部立案入中州籍，南北硕彦，多相往还。昌幼年匿名留学日本，攻法律经济，兼修地政。回华后，历任武大、河大等校教授十余年。民国十五年北伐时，曾从事革命工作，惟性爱艺术，擅绘事，遍游中外名山大川。边地如东北三省、蒙古、新疆，越沙漠天山，海洋如南洋诸岛及印度马来沿岸。中日战起，避地来渝，栖止歌乐山。自以亡国世阀，忍辱多恨，纵酒自晦，不求闻达于时。以平生所见山川、人物、鸟兽、妍丑、形态皆可作画资料，不限一门，习静时多作工笔，明丽秀伟，恒数月完一帧。醉后忿郁，即作大笔，雄健深厚，一日辄数十幅。神韵气魄，自负为海内独步，然从心所欲，藉以消胸中块垒，纵贫困，不愿受逼迫为艺术之奴隶，心不属，虽千金之馈不顾也。

《异人传》书后

异人语言状貌，仿佛都是寻常，而举动迥不犹人。人知其怪，亦不深加意。异人用心，常人所忽视者，渠则重视。行异技异，其归宿处，尤不寻常而甚高古，盖其处事处世，于寻常中能见奇特者也。杨仲子既传其奇，复乐为尽治其印，较徐悲鸿、吕凤子所纪为详，异人端倪流露又进一层矣。玩异人所镌印章，命名含义，无一平凡，与其行事若合符节。语云：人之所欲，天必从之。吾人安能想见其他日所进造境界耶。今日世界，万象光明，百花齐放，异人之如此推陈出新，亦百花齐放中之一朵奇花也欤。一九五二年夏五，柯璜得获读仲子所作《异人传》，极符其平日所识异人者，欢喜不能已，恐衰老而善忘也，抄录一遍，复评数语，冀深印象，庶乎渊永其神味也。

祭刘允丞先生文

民国纪元第一壬午，岁十一月望，柯璜遣门人某某致祭老友允丞先生于华山之墓前曰，呜呼允丞先生，竟离世而长往也耶！去年三月与先生书，先生未之报，既而亲笔录祭张荩忱将军文示弟。豪情壮气，纵情纸上。意者，先生精神年来徐恢复耶，何一语一泪，一字一血，委屈情至，若少壮耶。即作覆，数月不见先生书。复去书，且言季鸾兄病急，仍不答。窃以先生他去，或因国事，未遣细故耶。不几日报载先生辞世，且详哀状及事略，始而信，继而疑，信者，弟与先生交二十余年，先生心细而谨，与书未有不报，更无有相继与二书不报者。与二书不报，非没其病之入于危也。疑者，以先生平日羸弱时寄医室，每报道先生病急，亦有谓痊愈，复有云，闻已作古也，久之先生固依然无恙也。夫有为之人，往往既死复活，更生复死，如此而数，终未之死。先生之耗，必传之失实，或告者过也。一日会鼎丞先生，谓先生居陕久，方请先生南返，少住巴山，竟如斯而逝，为先生一一叹息。随奉学玉衡，赴告至渝都，追悼先生，一时朝野识先生与不识先生者，吊祭千百人，遗像在堂哀诔盈壁。呜呼！先生此何时耶，何世耶，竟真别一切，与世长辞也耶。忧国忧民，元精耿耿，皆还太虚，而散之于无何有也耶。人间世，固一大梦，固一真梦，先生醒此大梦真梦，亦无乃过早也耶。兵燹漫天，河山半壁，见寇之进，未见寇之退，见世界太平之朕兆，未见世界岁月之光华，惊涛骇浪。忧患奔走，入死出生，毕世未得一日高枕，满腔热血，遽洒空山，魂魄遗恨，天长地久，其何能尽耶。虽然，自古皆有死，有生者心先生之心，志先生之志，发先生之愤，吐先生之气。先生去也，先生如在，华岳之阳，山高水长，过客往来，凭吊悲伤，氤氲鼓荡，万丈光芒，存耶，没耶，动耶，静耶，寄耶，归耶，何加何损于毫末耶。昔先生欲葬希仁先生于此，其夫人愿归骸故里，事不果。笠僧没，先生仍主埋骨此山，今先生卜吉其间，其间距长安不百里。长安为华夏历代久安长治之首都，先生与伯循、溥泉诸先生，平日智虑深情所在，且望黄陵不远，先生寄此，先生万岁千秋，其亦适所愿也耶。尝谓永别与长无消息者，几等于永诀长往之人，永诀长往之人，亦实等于永别长无消息之人。人而别离，虽疏音问，而形神笑貌，时觉依依心目，先生长往，先生之形神笑貌，时觉在弟与知先生者心目，与永别不通消息友朋，无以异也。所谓伊人，天各一方，尚复何为为先生作世俗悲感耶。今年七月十日夜，弟寝未久，忽有客扣扉入，视之乃铁珊先生与先生也。不意之客，喜生望外，先生若昧若谷，守柔好静，湛若平日，微笑云，兄山居此，兄得所矣，铁珊冲气沌沌，希声相视。弟乃谈叙乱离阔别，缕缕不能已，忽忆赵先生，昔日何以见之褒扬之典，于先生亦似有所不解，低徊想象，陡闻庖人斧声，朦胧覆被，寂然一室。呜呼先生，赵先生真俱来也耶，抑梦幻也耶，没存疑信，幸入我梦，俗尘之扰，破空复去，嗒然惆怅，数日不克，恍若有悟。盖短梦易醒，大梦难醒，假梦易醒，真梦难醒。短梦多欢，大梦多苦，假梦易扰，真梦难图，群生万类，其如是观，其如是观。大梦真梦，先生已醒者也，铁珊已醒未醒，未可知者也。弟则尚在其中，而未醒者也，新说梦境现象，如发音机器然，电路相同，则电气相接，同声之应，同气之求，灵修通感，影响入神。魂学释游魂，影术摄遥影，言之成理，证之有象。昔与先生究阴阳人鬼之理，弟固力主其无鬼，今先生谢世，弟又甚愿转无鬼为有神矣。弟生周甲子有年，生死、悲欢，甘苦、显晦、荣枯，亦既备尝，惟大梦之醒，未之一经。先生山隈息迹，而石阴松阴，岚间烟里，御风披露，虎兕不遇，蛇虺不螫，无迹之迹，绵绵终古，此情此景，果其有知也耶，果其有觉也耶。先生何不以先知先觉于有情无情中，邀希仁、勿幕、嵩生、西峰、笠僧、雨宸诸先生，如七月十日夜一再山斋咸集，共证人天，欢若平生，幽赏不已。复导弟游于九天九渊，飘若苏子之赤壁，庄子之逍遥，驰骋玄间，周流上下，天极色相，尽收眼底。须臾而返，延伫故宇，非所敢望，实所敢愿也。老氏云：物生于有，有生于无。又云：不自在，故能长生。屈原云：延年不死，寿何能止。先生其长生也耶，其止寿也耶。呜呼！允丞先生，旷广观之，古今旦暮，山海勺滴，太空不能一瞬，大块皆为泡影，精微研之，精神不死，道义长存宇宙一气，何间人神，亦胡拘墟于梦之长短真假，复求之于恍惚幽明，瞢瞢曼曼，浩荡不可知，不可思议之乡也耶，呜呼！允丞先生，神其来格，尚飨。

序吴信生《莲月山房诗集》

太史公为史家身世，历览名山大川，典籍丰富，见闻宏博，故其思想雄厚精纯，读之百回不厌。后之人，亦有天才独优，功力并到，然落笔拾古牙慧，而稍参以己见，望而知为文人之作，一种时腔俗调，缠绕纸上，而天然妙趣，百不一遇。魏晋六朝，迄今唐宋，工推敲，以诗名者，一集获几首，一首或几句，或能流传万古。然细玩之，亦不无雕琢刻划，刀迹斧痕，若太白《梦游天姥》，东坡《赤壁》两赋，旷则旷矣，奇则奇矣，蜃楼海市之幻，岂真琼岛三神。缥缈空浮，情怀虚伪与字里行间，读其文，想见其人矣。盖文词不出之于实地之阅历，即少精深之认识，浮浮泛泛，恍恍惚惚，春水船如天上坐，老年花似雾中看。欲其老实纯乎自然者，不可得。昔人有以唐虞三代而下，诗早沦亡，非诗沦亡也，诗为心声，纪实现形，闻其声如即之景，勾心斗角，巧言华丽，诗之意实亡矣。今读信先生集，如留春春不肯，夕红烧野黑，云埋群岭白，天覆一人青，炊烟人立争相向，叶尖偷泄春光来，此等天来好句，不可胜数。非身历其境，情会其通，难有诗才，其可得乎。

吴先生如此妙年，如此归锦绣口心，他日寰宇统一共和，归田释甲，泛览古今中外新旧诗集，反映其自己平日收藏之印象，与此后关心之心得，酝酿氤氲，传之吟诵，余乌乎测其所至哉。北方多忠诚豪杰之士，地与气之浑厚，牛脯膏菽杂粮为之食，以视南中水汽饱和，鱼米之乡。万类性质显柔嫩者，不可同年语也。吴先生北归故乡，余羡其行，因再诵起佳章，写数语幐而贻之。吴先生其以为有所当焉否耶。

序王闲影《闲影闲情闲话》

知人则哲，知人其难。璜于王君闲影相识已越二十载。王君初肄业于太原璜等所办一学校，绘事天才，校中莫与竞者。学成即教授母校，为同学诸生所心悦。王君虽时从璜游，璜未能注意其人为今日画家后起之秀。其时王君出版画稿问世，属璜序，璜为序，亦曾读其画稿与其自序，仍未留心其人也。王君性坦白。不善说辞，貌亦不扬，于世落落寡合。后王君耽汉中七中学校执教鞭十载，随与书家黄先生鹤寿来游渝中，时璜寄居歌乐山云顶，王君寓沙坪，相隔不二十里，时相过从，亦尝谈及六法，贻璜《一发千钧图》。璜甚奇其命题，仍未为王君留其意。璜移居渝城，王君既而亦由沙坪迁渝，作画度日，出其十余年来，题画诗词《闲影闲情闲话》一册，余益奇其题面意义，度越寻常。开卷细读，其诗词不特为今之诗词家，且甚无愧于南田草衣之承继者。然璜平素能作粗笔画，无论花卉山水都用草书笔气，出之以写意复写意，对于现实写真画理画法未能研究。王君随复将平日所积素描稿示璜，又告璜历年对于虫鱼草木随时仔细考察其生长一一姿态，及其明暗、老嫩、婀娜、偏反形象，从而素描汇绘其各图。璜按诸图，想象各科各种名实一一相符肖，璜乃惭愧歉仄交集，不能自克。古之哲人，以言以貌取人，尝有过失，璜于王君相处可谓久矣，亦明知专工艺术者，从来都是人生本色。璜平生于知人论，处之不是无情，于王君认识如此其久，如此其浅，处世七十余年，不知疏忽了多少人物矣。古今中外，宋朝祝佗一流露头角，欺人误世不可胜数，而敦朴直道之人，终身穷困老死乡村，不得以道义技能流泽人民。宜乎三代迄今五千年，人民皆处黑暗统治，莫由自拔自救。共产学说，发展人世，乃始现出灿烂光明。凡于一人、一事、一物、一世非进一层研究，非远一点观察，非精一些认识，处人处事处物处世，未有不误人误事误物误世者。

因叙与王君相处始末，相识浅深，恍然于古今人类治乱之源，感慨不觉中来，因笔其次第过程，得跋其末。

序钟罂久《书林漫咏》

中国有字以来，近古之秦汉，编年纪事，刀刻毫书，其人夥矣，然埋头应用，信手揣摩，于六书之点划、体势、矩矱、源流、系统、沿革，处之大都茫然，印证残碑断碣，吉金贞石，认籀、篆、隶、楷、草、行，作人类史重要分析之提示耶。罂久先生从碑帖新旧拓本博核今古，落落大者，长期酝酿，索解微茫。出以吟咏，蛛丝马迹，累累贯珠。读其上卷书凡七十首，觉世间一种嗜古者流，穷年访碑，探窟攀崖，涉峪掘墓，区分真赝，纷纭聚讼，果何为者。读其下卷书八百三十首，自洪荒造字，讫于清季，书道变迁，递演层级，原原本本，朗若列眉。三复此篇，又知竖行八法，其终身好之乐之者，无论仓颉史籀，年代湮远，邈不可识，即伯英至农髯、梅庵诸人，姓氏时经人道，遗书剩墨，满散人间，其用笔用墨，用情，来龙去脉，如十里烟雾中，混混沌沌，都无灼见。然一般只从事识字之人，更可想见。夫华夏祖先，创制六书，蕴义借综，点画神逸，技术华丽，渊源美富，实先民遗产，含宏之广大，而形式精神，大流露于字里行间。一代有一代之风气，一地有一地之风尚，一人有一人之风格。读其史，入其邑，见其字，遇其人，对象求证，略迹原心，一种不可思议之气象，一一表现其厚薄、淳离、治乱，诉我人群。鬯久先生此作，用意所在，情现乎词，后之人，只玩味其吟咏书人各诗，语语言言，精辟整严，千数百字，写出华夏历代文化艺术人根本性情。一如熟读史乘传志千百种然，情味渊湛，手不能释，《书林漫咏》云乎哉，《书林漫咏》云乎哉。

题昆辉处我画

昆辉先生拿来这轴画，问璜是否真假，并嘱题上上款。璜一看，璜不敢不承认不是亲笔，但心里非常难过，越看越难为情，俯仰感触，恍然似有所悟。古今所谓书画名人，及身或百年后，街头市上，墨迹纷纭，飘扬墙壁，蛇神牛鬼，照耀人目。璜以为这些字画，必是别人冒牌，今乃晓得并非别人，都是本人亲笔。什么理由？凡一个文人，初习绘，初临帖，运腕动指，都是稚弱无力，秋蚓春蛇，丑态百出。然而见人纸来，写兴勃勃，酬应愈多，渐亦有名。书摊何知。真目为假，假弄成真，是非黑白，往往颠倒。其中固有冒名顶替，其实都是本人初步临池幼稚笔墨。璜昔年总想将历年所写坏了多少友人的纸张，待到人书俱老时候，登报通知，远近一一收回故纸，重新书画，新旧交换，冀赎前丑。忽焉老矣，八法六书，至今毫无进境，恐易书画此愿无法终偿。只希我辈好友，将些不是东西的东西，早付之一炬，或束高阁，免得遗播人间，使艺林大雅时演出捧腹哈哈大笑之剧也。

题马仁良《百鸡图》

作鸡雏负海内名者，惟白石翁。他到四十五年纪，始见与鱼时时披露其二、三只。今仁良先生以妙年作此活泼泼活生生的《百鸡图》，且个个面貌形象都能性相独立，惊人杰作神而能变化者也。古来如百马、百猿、百鸟、百金鱼制胜者，皆能以生动活泼精神传其变化神妙形式，固一通百通千变万化，任笔所之，无不贯通者也。仁良先生勉乎哉；他日技能前进到何境界，岂吾人心里所能想象及万一耶！

张玉田先生墓志铭

玉田先生姓张氏，讳安民，世居巴县土主乡，为人孝、悌、仁、恕，喜救赈穷急，益乡闾事，慷慨缠绵。于财物无所计，捐募必尽心力，年甫弱冠，就傅商学。毕业后，尝奔走滇沪间，流通资物，亿中盈虚消长，为远近大商巨贾所器，乐与共事，适值历年蛮跳不制，兵燹纵横，事业成败起伏不能定相间。暮年始有就。平日恂恂恭谨，衣冠瞻视为世矜式，弟子出其门，治经都得规模，处家处世处人刻励勤朴，终身为之率，以故乡之人笃信之，乃复艰辛委曲，创立中和中学于乡，为桑梓始肇文运，迄今人称道之。向使先生早得海航风气，出擅国际贸易，当克影响一国财赋。然先生出入商农，处之泰然无戚色，亦其度越寻常者也。先生初娶温氏，不寿，生二子，殇，继室周氏无所出，复娶龚氏，生俊秀子二，泰康泰亨。女一，适江氏。物故。泰康即钧陶君，学成朝阳大学。沉毅磊落，有父风，通晓古今中外，声闻于时，或者冥冥中将大有以施报善人耶。先生生于清光绪十年某月某日，以民元三十八年某月某日终于家，是年某月某甲子，卜安葬于某山某原。钧陶以状来请璜作铭为记。璜盥沐再诵，恍然先生其尽得儒家端木氏之心法耶，何其率德蹈义乃尔耶，因略叙其事乃铭曰：一乡之英，山川之灵。际会风云，济国苍生。乃抑其身，养晦韬神，珠玉含芒，历历风霜，氤氲磅礴，孕千春冀系兮，徐发泄以祥光。

民元三十有八年岁次乙丑月日黄岩柯璜敬撰并书丹

母氏徐太夫人题像

母氏徐，生璜及弟镇菘，佐妹凤仙。前有兄一弟二，皆殇焉。年三十七而早逝，时璜甫七岁，弟五岁，妹二岁。声音笑貌，如在目前。然倏越六十有六年矣。母在时，乡之人少摄影者，家亦无力写容为纪，后璜以余力从事绘事，写意不能写真，每欲为母追容，未敢举笔。今临暮年，子侄孙男女辈时问及祖母状貌，一时不能答，即答不能详祥矣，恐所述心中之母氏，未必子侄辈心中想象之祖母。一日晨起，恭忆绘之，或者得大概耶！今者乡闾远近亲友，少者皆未曾见，老者既见，沦亡殆尽，其存焉者，神智耄耋，模糊惝恍，谁能为母证其形相耶！孔子云："祭如在，祭神如神在。"人于深向往者，往往见义见情见梦，念兹在兹，未必见其人。而精神时通感于方寸。释氏于佛，观之自在，耶氏于帝，祷之汝临，凭迹象与不凭迹象，皆能由心诚求而如见其人。抑又闻之，形相易绘，心相难传，见其形，即可推见其心，绘之神者也；绘其形，未必因形如见其心。今之图形者，比比然也。兹所传之真，未必使子侄辈，因形而见心。形与心想象间，不能合一，是见形未尝见心，见如不见也。如在其上，惝恍音容耳。云乎哉，乃略述吾母行状万一，题其旁云：懿欤我母，秉根起纯，事上以敬，处人克诚，严于训子，朴于立身。吾父于外，操家敏勤，方其内外，女中典型。儿子违礼，朴策涕零；世情实厌，三七归真；杳然何去，无期重临；盥香造像，复活精神；孙子保之，萱荫千春。

蜀中艺专应养成“诚正、勤朴、清洁、高逸”八字校风

诚正：能诚意无事不成，不诚无物，故思诚为贵。《中庸》谓：“诚则明矣，明则诚矣，诚未有不明者，明未有不成者。不思而得，从容中道是也。”正字与中字相似，中者尚有进退权衡、上下移动余地，正者正心也，心正是方向

一成不变，譬如作书，心正笔正，此柳诚悬最紧要语。作画亦然。无论何种艺术，当时心稍有不正，则用情不专，其成小成，其就小就；吾人当先求个正心工夫，如习一艺，必得从进化境界着想，想到最上乘，必得从融会中西下手，手到极精妙，有此远大正鹄，有此独到正轨，方能向堂堂正正方面高视阔步，走出广大的正路来。如此如此艺也，进于道矣。游于艺，便是志于道，据于德，依于仁的殿军的后劲，他日必可为中国艺界放一新光明，建一新纪元，共同勉旃。

勤朴：人生在勤，勤字形似动字，右均从力；人类为高等动物，必宜用力练习勤劳，从事勤务，古人云，勤以补拙，勤则不匮，勤矣。一切懒散怠惰习惯，不能缠绕吾人心身，能如是，岂特艺术，何事不成。朴与奢相反，所谓朴实朴厚节朴是也。尚朴自然戒奢，古之人大帛之冠，大布之衣，非无财力也。盖惜衣惜食，便是惜福；不是迂谈。世界日进文明，奢侈之风愈见恶化，民生固需要享受，然物力资源有限，而生齿繁衍无穷，阶级愈形不平，社会益生险象，自然之理。食只求饱，衣只求温，足矣。不空费不浪费，一文当百文之用，庶用不虚用，应用便足用。西谚云：黄金无种子，生于勤俭之家，勤朴之功效也。在求学时代，纸笔色墨图书各种需要材料，人人咸能购买裕如，即此可以见他日作事时期，人人必能应付于自然也。

清洁：人生八景，其一景云：玉洁冰清之骨，实在“清洁”二字，可以不用一钱买，稍一加意，便觉得来，以人品言，清白清淡，清风清静等等，岂用钱买来，以艺品言，清雅清新，清华清光等等，岂用钱换之。至于洁字与清字相异，实相同，实相连贯，洁字亦含有清静、清白之意。白玉无暇，此语最能形容洁字性相，世俗谓“洁身自好”，盖不洁其身影响艺术作品，最为可怕。佛头着粪，鼠屎和羹，虽有妙作，便不美矣。四子书云：“西子蒙不洁，则人皆掩鼻而过”。又云：“人洁己以进。”盖洁己犹耶氏之领洗，儒家之洗心革面，洁与不洁，在人在物，实有好恶美丑相当之价值，吾人处处，以“清洁”两字，留在心头，实于提倡美感，鼓吹美化，一己之大本先已立矣，由此而扩充，而演进，其用实在无穷。

高逸：振衣千仞之表，高也。从高处立，自能看得远，看得清，自无卑污下流旧染；尤其吾人学习艺术，不高自立品，则作品必不能臻高手绝技，古来成神品，逸品，能品者，无不是高士高人，带有一种高风者，出乎尘世，乃有出尘之作，超乎流俗，斯有超俗之能，能超乎象外，乃能得其个中，尤其在此时代，在此环境，在此年龄，在此艺科，决不可拖泥带水，与世沉浮，于学有损，于人无济，一切一切，不从超然自外，卓然自立之行为，养成纯熟好习惯，他日成功，恐无足观；画工、刻匠、文人、乐家，往往有不能称道人口，流传百代者，或是故耳。吾人一念及此，不禁不寒而栗矣！

绿天斋师友赠诗录序言

丁丑岁，璜周花甲，适居晋卅载之期。古人以三十年为一世，师友拟赠诗以纪。远近相继，宠赐佳章，都四百余首。明年七七寇起卢沟，编录不及三分有二，而大同陷，烽火逼太原，避兵平遥，身外几无长物，师友诗笺墨迹尚随以走。不几日，太原又陷，仓促南行新绛，所有笺迹渐未克相从，其已编之稿，挟之渡河，从此四方师友，消息阻绝，流离存没，传闻异辞。既佚诸篇，一时不可复补。虽琳琅珠玉，次第之投，虔诵咸几过；然乱离情绪，不复一一记忆，笔出者，暂付阙如。兹于遗存各篇，及入蜀诸友近赠，集成三百余章。权以缮印，时存案右；暮云春树，屋梁落月。故旧声音颜色，如亲晤对；且借盛情奖饰，以自警励。夫人生十岁以前，怙恃父母蒙养，十岁以后，由壮至老，皆由师友提命，会文辅仁，鼓舞教益，以玉其成。况现今世界，朋友之道，尤所注重。尝谓今日缩地缩时，天涯咫尺，他山之谊，更当切思相攻磋。且不特友与友交情，而国与国交际，学与学交流，族与族交通，日进融洽，亦未有已歌诗赠答，矫其酒食征逐，势利结纳，博弈酬应之弊，由文字进于道义，其亦当世有心者所乐与。抑又有言者，击浪之歌，递为雅颂，雅颂变为国风，国风降为汉魏六朝，汉魏六朝，转为唐宋，讫乎末流，演成明清试帖。文义相生，大都叙述社会风俗，政教情况，男女朋友晏会，交欢礼节。晚年吟咏，大都陶冶情性，而于寄慨宇宙风云，山河月露之外，道及友朋赠答，昔日原始和平敦厚风规，隐隐存焉。则此几卷，可谓硕果之存。世之言诗者，抒怀旧蓄念，发思古幽情，欣然将有以复其兴观群怨之诗教。然则右列诸篇，岂徒为投桃报李，感旧怀人之记载也耶！

一九六〇年一月十九日柯璜谨识于太原绿天斋

绿天斋诗集

七　古

豕人骑狮预言歌（有序）

一九三八年

东大陆一狮，伏于昆仑之下，有豕如人突过其旁，以狮酣睡，跨其脊，作侮慢戏。狮大震怒，蓦然奔跃，豕人紧拉其须，欲下不能，声嘶力竭，见者为之彷徨，作歌记其事。

神州大陆昆仑脉，潜伏狮王似蹇厄；
斯时偶入金刚定，似睡非睡有所划；
山河莽莽郁苍茫，蛇豕纵横卧榻旁，
海东突上豕如人，两足蹒跚步踞蹐，
图南不敢图，西顾何所获，
行行渐近狮王边，异想非非跨其脊；
狮王蓦地作大吼，奔蹄飞跃雷霆走；
豕人狮背起彷徨，惴惴其形丧家狗，

欲下难下奈狮何，遍呼将伯空开口；
声嘶力竭果何为，心胆欲碎瘦又饥；
狮王大显大仁勇，独步天长无尽时；
沉沉睡狮醒千载，相狮之背岂料之；
壁上观者半绝倒，拉须履尾惹人嗤；
狮王狮王胡不软尔脚，翻然忏悔浪戏谑；
排空无际身倒悬，大陆风波真险恶；
从此发心敛野心，他年何敢再肆虐；
狮云我是人天龙象俦，历览无际讵示弱，
扶摇九万事寻常，况巡深山游大陆；
愿尔备尝艰阻千万辛，
日将沉，云漠漠，放尔遗骸大荒落。

告三岛士民歌

寇陷南口，在太原飞机空袭时作

一九三七年

亚洲大陆黄海黄，东有数岛虾鱼乡；
黄人错杂相聚处，血缘青史犹彰彰；

徐福三千华男女，数典实尔爷与娘；
神州历代海客舟人与渔户，年年飘泊留扶桑；
汉魏六朝渐繁育，生聚教训逮李唐；
王仁四子开讲祚，禅宗南北又渡航；
兵农礼乐辨文物，经营家国渐小康；
斯时知仰冠裳化，屡遣优秀肄上庠；
和文片假依汉字，伊吕波歌大启文化光；
有唐历祀三百载，
日出弟皇，日入兄皇，玉帛恒相将；
自从天水仓皇困戎马，朝贡始不列越裳；
元帝征东思混一，楼船十万连帆樯；
岂知天时偏佑尔，暴风一夕沦苍茫；
由此海滨遂坐大，白头辽豕成夜郎；
鼠窃狗偷及明世，海边烽火时奔狼；
蓬莱崛起戚武毅，平倭伟烈彪龙骧；
百年海水扬波少，难然异梦犹同床；
清政衰微边备废，尔夏奋臂舞爪张凶铓；
陷我琉球辽东岛，割我台澎扼我吭；
睡狮沉沉醒千载，华民革命赓鹰扬，
尔国野心犹未死，

并朝鲜，开东沟，二十一条胆敢肆獗猖；
既偿大欲仍不足，五卅五三九一八；
气焰暴横咄咄尤难当，大盗行为腾万国；
珠槃玉敦徒化装，
奴我东北民，坏我长城防；
黑水青年多义勇，白山豪乐尤昂藏；
剪除屠戮哪忍记，遁逃苟话真未遑；
世界文明日进化，独尔黑暗貊道师苗羌；
鲸吞蚕食谋华北，扬子江头亦欲变色为尔疆；
青天白日人间世，竟见鸱枭凌凤凰，
尔亦知田中幻梦在图霸，欲霸大陆非探囊；
蛮夷自昔有猾夏，华夏处夷仍泱泱；
尔国老臣远虑忠谋国，胡为少年军阀中风而发狂；
自古立国有疆界，未闻以小凌大其国乃得昌；
至今上下不言只敢怒，君臣相顾方彷徨；
少壮貔貅皆得意，老弱沟壑谁为殃；
尔国岂少革命之健者，乘机观变剑戟藏；
冥途肤植不内顾，滔天奇祸浑相忘；
万年一系夸帝统，讵知天命原无常；
芦沟沪海又首祸，得寸进尺益陆梁；

相亲本欲依唇齿，兄弟何自长阋墙；
我昔告尔曲直主客是非利害诸大义，
心血万斛发为仁至义尽之文章，
同洲同种同文应互助，竟昧语重忘心长；
中华民族今奋起，弄潮拨浪除不祥；
申江河朔时聚歼，青年多少为国殇；
积尸流血腥中土，鲸鲵京观堆北邙；
师出无名便是寇，何事西渡冒将险阻尝；
人民孤注供一掷，人亡产破举国皆惶惶；
武士道今在何处，大和魂亦涂痍疮；
男儿有此好肝脑，试问果为伊谁作虎伥；
鹬蚌相持燃豆萁；壁上观音笑其旁；
暴虎冯河死无悔，何如有勇而知方；
屠刀放下立成佛，补牢未晚惩亡羊；
班师勒马归尔国，育妻养子安尔工农商；
浅草之原劳可憩，樱花美景乐未央；
天朝恢恢有大度，尔既悔祸何心予及汝偕亡；
不然尔不见尔国征兵出国侨民回国日，
扶老携幼泪千行；
尔不闻苻坚金亮下江南，

俄帝德皇勤远略，穷途末路无异于自戕。

题画《屈原像》

一九五二年

纵横前史东大陆，离骚哀郢何忍读；
宅心冰雪出类才，冤沉万古吞声苦；
哭遍神州太息声，哀音缈缈传空谷；
乾坤正气此心同，昭彰正气出太公；
合哥白尼之三杰，辉煌大地映苍穹；
从此端阳竞渡节，五洲四海将同风；
孤愤当年忧祖国，伤心世治惨暗黑；
芸芸万姓痛难言，慷慨悲歌救未得；
汨罗江里戴黄天，甘作典型曷有极；
九歌有心最有情，芷兰秋菊都向荣；
巫山湘水无生物，一经绣口来大声；
韵调铿锵一热爱，泪血点点皆结晶；
中国古来淡唯物，唯心玄想遑求实；
日月星辰天体间，孰问运行如何出；

萌芽百科放百花，天问怒发生花笔；
郭子今天表出之，贤愚老少更深知；
文运中华几千载，半是歌功颂德词；
谁是为国为民为真理，牺牲悲壮现瑰奇；
家家画之扇，万国绣以丝，
留得如此璀璨庄严相，
水穷山尽处，千秋百代是人师。

云顶和王太蕤先生《侨蜀一年》韵

一九三九年

云顶之巅有过客，侧身望天两眼白；
苍茫四顾罗众山，摩崖欲遍诸峰石；
不知何事绊此生，一一摩挲少驹隙，
自从烽火满尘寰，人间何处得安宅；
入蜀幸戴吾头颅，敢告生存犹云适；
神州老友阔死生，图书琴剑云山隔，
风霜忧患欲成翁，只剩童颜颜徒赤；
三斤铜管时长啸，也是毛锥也矛戟；
且忘故态复下车，大道陵夷誓有责；

古来天演在人为，家国兴亡如一弈；
大难削平转瞬间，好竞寸阴轻尺璧，
从君大笑下金陵，海东不波海天碧。

于髯翁歌

一九三八年

生存咄咄逼西欧，专制千年失自由；
呼唤人民竞天演，眼中落落谁与俦；
蛰卧长安时歌哭，椎心誓洗炎黄羞；
忽闻崛起有中山，出关东渡咏同舟；
海上铎声振民立，神州豪彦广交游；
文章报国神奸妒，暴横匕首千金求；
几次余生脱虎口，七哀回首涕横流；
鲁连不带帝秦骨，几年亡命走生头，
慷慨出关复入关，三秦残局尚可收；
并靳郭刘都健者，新民大业谁肯休；
满地护巢斗鹰隼，正是群龙无首秋；
完成神圣革命功，应先戮力定关中；
豪情侠气震河北，人心拥戴虬髯翁；

彼苍百战不悔祸，万里江山仍梦梦；
师友乾坤奔湖海，冰霜雨雪争磨砻；
泪眼中原思儒将，问天无计解内讧；
海内垂青几坝柳，新坟枯骨埋英雄；
思子台前悲明月，宜川道上哭哀鸿；
梅花仆御皆知己，路旁下马吊小红
（小红武旦殉革命者）；
闲来几度负诗囊，人间遗迹费平章；
广武摩挲新出土，化度荐福抚彷徨；
唐陵石骏愤渡海，吁嗟古鼎慨沦亡；
有时深情寄小草（翁创办农校，故有此
花草之感），鸡冠龙爪视如伤；
无花之果不可种，忍冬之心不可忘；
相思豆发满腔血，红白池莲处以方；
樱花刺柏害群种，含羞败酱想非常；
夜动长杨生百感，返魂香里祷国殇；
园中嘉卉田中莠，七字长留农圃光；
间尝杖剑穷溯汉，牛羊解放喟苍茫；
莽莽黄蒿探荒冢，风沙惨惨如北邙；
终古长眠一雄主，美人多少殉鸳鸯；

顿足曹瞒真鼠窃，文姬以外无王嫱；
古来豪杰一情种，两间俯仰何激昂；
自从群帅滨海联神武，统一江山阵云密；
相如廉颇正交欢，风虎云龙蔚辅弼；
何物虾夷作浪来，少侍须臾聚歼毕，
诗肠未老奠共和；
庾信江南洗萧瑟，关学重开洛闽新；
赤县人文声洋溢，掀髯长笑九州同；
复兴功成休沐栉，新书古本乱满床；
破帖残碑堆缃帙，哭声夜半杳梦中；
谈笑当年犹扪虱，东遵东海西天山；
到处为家安驻跸，摩崖访古遍天涯；
仿佛竹溪之六逸，长江之水供临池；
五老之峰尖作笔，大书特书太平歌；
乃告革命义烈在天英，同消万古之抑郁。

吴子玉备榇左右不为敌动闻者凛然作歌壮之

一九四一年

蓬莱继起吴将军，胸罗兵甲贮典坟；
大义春秋绍关岳，华夷内外凛然分；
铁面冰霜冷如雪，南塘意气时氤氲；
三不明心闻四海，平生不作人亦云；
写竹歌诗照古道，铮铮落纸思不群；
绘事喜摹有斐竹，金风铁雨起烟云；
松柏同盟传佳句，葵花向日笑芸芸；
（见先生《竹德颂》）
东海妖氛生肘腋，投笔从戎亲矛戟；
海下奈何欲扬波，将军立誓补一画；
（甲午寇援蓬莱，弹中蓬莱阁匾额“海不扬波”之“不”字一，竟成为海下扬波，先生一见叹曰，他日当补此下字，仍转为不字云）
国际无功惭半生，（先生有自惭国际无

奇功句）俯仰无他自坚白；

自从铁衣脱暮年，平章风月消晨夕；

古今清节拜夷斋，眼中落落乾坤窄；

满座清风四时春，遑为家徒呼将伯；

智仁勇信严由中，沟壑不忘心铁石；

况兹优孟戏衣冠，岂有范韩昧顺逆；

小丑何心请不情，甘言苦口相逢迎；

孤愤望天集百感，裂眦冲发自峥嵘；

人生百岁有期尽，百年遗臭何时平；

兴榇随身了生死，不愿鼎食愿鼎烹；

天地为动神为泣，气吞沧海吸长鲸；

天下英雄齐拍手，燕云边塞一身擎；

肝胆照人何神速，三岛君民皆起肃；

处处登场傀儡徒，闻风面面生觳觫；

译报飞传西域西，皙人倾倒炎黄族；

咸嗤东岛几沐猴，孟浪神州犯大陆；

沐猴终始犹逶迤，星使累累日夕过；

将军世情惟使酒，啸傲坐忘仍雅歌；

（时用道家生忘功）

嶙峋自昔山难憾，于今古井不可波；

寄语三神弄潮子，慎莫再试口悬河；
吁嗟乎，箕好风，毕好雨，云从龙，风从虎；
两间感召岂蹉跎，文信国，史阁部，
若作邦昌、三桂、洪承畴，
星辰东转地右旋，长江大河皆西流。

青芝老人（林森）自峨嵋返赠笔杖诗以谢之

一九四一年

五台峨嵋华顶山之阳，
普贤文殊诸佛古道场；
我欲攀跻伏羲女娲及鬼谷，
不知何事澒洞乃未遑。
青芝老人游其麓，未从杖履瞻冠裳；
空山独坐隔秋水，成渝西顾天一方；
几时报道已回车，荷笔苍藤赐之璜；
璜何人斯拜登受，低徊辗转起彷徨；
年年蚩雾横黄海，虾夷作浪漾扶桑；

腥风血雨吹南北，白骨累累遍痍疮；
未克军门贡衰朽，忍敢曳杖事徜徉；
抑或高深别有寄，吾侪三省九回肠；
璜闻古者循名必核实，山中何为贻木笔，
笔虎笔舌安可期，腕底何尝发隽逸。
分险荏苒雪满头，筐箧时惭空作述，
上马传檄，下马写露布，未能千军扫毛瑟，
徒羡郑侠图流民，师表空怀前后出，
污官恶霸遍人间，执简直书非其匹，
三墨八儒门户分，违愿传经燃太乙，
中华文教本经天，又欠传经少洋溢；
察来彰往百世知，预言淋漓茫得失；
有时虽慕长史皇象青藤白阳学邯郸，
都是雕虫形下之艺术，扶鸠俯仰只忸怩，
欲图补救难万一，懿欤大哉，
神州自古泱泱风，万邦文物此其雄，
殷忧所以齐启圣，大产人豪天下公。
群龙崛起兴际会，指挥胜利用兵戎；
神州乃见和平日，一时千载咸蹁蹼；
不才虽然荒于学，安能习静以长终；

生花不入梦，报国自精忠；
三策十思十万言，语大语小剖鸿濛；
如何演出黄金世，一洗狼烟万古空。
碧云天，绿荫地，白叟与黄童，
含以鬫，鼓乃腹，废疾与残聋。
江山万里平成里，祖国千年礼让中。
乃敢杖朝杖乡国，耆英会见新世隆。
复兴歌，太平颂，铁笔遍磨山之崖，
永铭艰难缔造之丰功，群生庶类皆时若，
寰海喁喁共趋礼运之大同。

铁　马

一九三七年

何处飞来阵阵风，人间缥缈遍丁东；
声声怨慕声声诉，非商非羽又非宫；
匏土丝竹无此韵，铜琶铁板争沉雄，
如闻衔枚军疾走，千骑万骑进相攻；
或者天马浪逐金粟堆，逸骏奔蹄护兵戎。
又如寇敌惊奔溃败北，神州金鼓奏肤功；

抑或刀兵水火乾坤满，新鬼故鬼啼人穷。
不然民生齐呼吁，流离孤愤传丝桐；
江南河北交飞电，弦外哀音散苦衷；
岂其重来正平不平鼓，大声疾呼动苍穹；
岂其复击尼山有心磬，金声玉振震聩聋。
悠悠昼夜鸣断续，万籁胡来造化工；
季子欧公去千载，别声观乐久失聪。
细将声响从头溯，万般隐隐似非通；
俯仰低徊正危坐，报道户外入小童；
童去此调岂人弹，漫天铁马流空濛；
鹤唳风声半意造，哀乐生心治乱中。
古之黄虞世，未来和平时，
太和元音磅礴郁积寰海充；
虫鸟风雷皆雅颂，五音六律道崇隆；
心猿意马呈祥瑞，只来鸣凤不哀鸿。
我闻童言默无语，如斯气象天下公；
呜呼天下何时兮为公；
蜡宾一叹人争羡，金戈洗尽现大同。

观纸鸢有感

一九三七年

江南春日下江乡，江乡处处杂花香；
儿童满地踏青草，鸢飞飞遍天中央。
有时老僧深入定，有时跋扈强飞扬；
观者仰天齐拍手，赞扬奇技声皇皇；
岂知此是指头活，天工人巧分轩昂；
我观羽毛千万族，御风上下多徜徉；
凌霄振翮处无际，上穷玉宇下大荒；
鹏鸟图南雁飞北，自由来往忘天长；
小至飘飘白蝴蝶，何尝一线羁翔翔；
人工终逊巧天工，巧夺天工却雕虫；
东西多少公输子，运斤削木能成风；
木牛流马雄予智，父先为弓子又弓；
有情理化无情用，死光淡气夸神功；
几世几年成风气，海陆空兮海陆空。
拜金争斗凯崇富，朴散乾坤寰海穷；
试问芸芸奇巧家，纷纷倡造人如麻；

鱼雷潜水楼船遍，铁蜓冲天散火花，
鬼斧谁真侔造化，丸泥作出活虾蟆；
游蟾还作非非想，何苦荒唐绍女娲；
休兮人间弄巧子，添足应知是画蛇；
况被野心一利用，本来种豆偏成瓜；
福利东西皆欢喜，大同现实乐无涯。
人类和平真天国，万邦大笑脱愁枷；
长空铁鸟皆鸾凤，群鹜唳天映落霞；
天田在处群龙现，万般穿凿谁人夸；
大智若愚巧若拙，
万古青天碧海红云绿地日月长光华。

歌颂今年三八妇女节到处游行

一九五零年

自从母权风气湮，妇女惭失自由人；
复经多少冤枉厄，缠足穿耳涂朱唇，
细腰扁头鼻环俗，几万年中屈不伸；
天生男女同活泼，烂漫无处不天真；
枭雄恶霸施压迫，奴化淫威互果因；

宫中好细腰，乡间多饿死；
城中好高髻，城外高一尺；
毒辣麻醉睡难觉，成千成万盲效颦；
世界发展任演变，现形怪象仍陈陈；
气杀古来贤圣哲，欲求解放空呻吟；
看罢今年妇女节，神州闺媛顿翻身，
村里街头老妪少妇都知欢欣歌舞得解放，
使我拍掌开颜踊跃三百大叫男女真平等，
大地真回春。

题李涵初《出峡图》

一九三八年

作画如作书，天真泼点墨；开卷无限情，动余万里客；
天府国虽云，久居生踢躇；步履苦高低，浊潦盈沙碛；
曦光日几时，阴霾暗晨夕；病帛满缠头，街衢走鼠鼫；
杜老纵工诗，咏怀如迁谪；武侯故喜画，落纸多扞格；
巫云甲神州，弥漫心目窄；天意从人情，妙夺虾夷魄；
蜿蜒泞以泥，峥嵘皆作厄；再为破一浪，降帆自辟易；
高唱凯旋歌，踊跃过三百；顺流下江陵，夔门成陈迹；

滟滪几万堆，一一忘怪石；万山从此忆，阴浓映翠柏；
杜鹃三峡啼，今后异畴昔；
年年只见山高与水长，蜀山常青蜀水碧。

题程漫漫画刘善百《昆季松岭躬田图》

一九四八年

田家乐，田家乐，几间小筑胜金屋；
四面树扶疏，兄先弟后荷锄走蜀麓；
不问收获只耕耘，年年应得千百斛；
牵衣稚子笑还家，人生如此便是福；
何时道过刘家庄，采风问俗当一宿。

题金润民《山水》

何处空山，几间古屋破；
风雨任漫天，啸歌俯仰谁来妒。

题《红薇吟馆百花卷》

一九三八年

大生广生大无私，四时佳日遍飞丽；
万紫千红来眼底，天人俯仰皆游戏；
孰度金针偷造化，百花美丑铸妍媸；
黄荃长往清于缈，二玉五杨不见之；
婀娜偏反开生面，画工多少枉临池；
买脂设色逾百载，春光漏泄鲜人窥；
东瓯梦得生花笔，写生生动生神奇；
河阳花县满粉本，吴兴余兴缀葳蕤；
况是灵飞玉版手，点画狼藉自涟漪；
春华秋艳续芳谱，阴晴风雨系人思；
卫管夫人岂专美，珠江眉样入新时；
春风桃李几千树，到处天涯宗女师；
散花机悟浣花妙，毫巅生意皆好词；
写罢蕙兰闲觅句，诗中有画画中诗；
我年知非始绘事，白阳雪个遑攀追；
徐藤文竹徒采撷，爱莲爱菊真委蛇；

铜管三斤浪涂抹；浑忘老丑惹人嗤；
画叶无筋花不点，折枝直干没骨皮；
有人偶见淋漓纸，纸上低徊满腹疑；
葩经本草穷之遍，蒲耶芦耶果似谁；
披罢红薇百花卷，使我不觉生忸怩。

题画《山水》

一九五零年

江山如画，多少人家内外；
水湾湾对岸，云烟浩荡；
波澜澎湃，天际舟归来；
风帆现斜挂，自古熙来攘往人，
多被魔王作福；荡子挥金，
纵横威胁，饥寒害怕，浑身背债；
谁知道农作勤劳日夜。
谁顾得地天风光世界，到如今江山依旧，
王侯倒架，无恙风光，多情花木。
且伴着风声云影，时时开我胸襟隘，
活泼形骸时刻神游，

今天明天，崭新大千世界，
何须还慕些古代携杖逍遥，宽衣博带。

自题砚

人磨尔，尔磨人，一介千春关尔身；
无情实有情，是个彼此好知音。

题钟道泉先生画册

一九五六年

旧时祖国山巅水涯，本来富饶，深埋宝藏，露头山腰，谁进森林，谁探矿奥，只剩得几丛野竹；几处人烟，伴着红梅黄菊；云霞鱼鸟，岚霭长横；人踪罕到。到如今，大地黑暗沉消，阳光普照，一丘一壑，半花半木都需要，画家吾辈，笔兴来时，不妨欢欢喜喜，洋洋洒洒，墨泼花放。披露江山一些灿烂之奇妙。

题江友樵画无量寿佛

一九五五年

菩提得性根，不生亦不灭；大雄大轮回，解脱岂圆寂；慈悲仁勇，到处显神通，自在大千无终极。

蜀中艺专校歌

（创于歌乐山）一九四八年

一歌蜀中

登峨嵋之巅，乾坤呈圜圆；峰峦环峙蜿蜒，江山气象万千；神州大观如织。茫无涯矣汇百川；山清水秀，巴丘岷麓，自古磅礴产英贤。

二歌音乐

歌乐入山深，万木密森森；翠崖雾嶂云岭，四山互答寒砧；筝琶琴瑟，临风啸傲发元音；叶韵清心，都是振玉而声金。

三歌画图

两间现玄黄，庶汇列繁昌；风雨会八方，彩霞映岚光；雾白山苍，群芳众卉灿琳琅；鸟兽虫鱼态无常，天开图画无尽藏。

四歌雕塑

华夏位海东，运斤古成风；龙门云岗天龙，造像硕大神工；埃希媲雄，中西辉映赛磨砻；嘉定之窑，大足之硔，炎黄到处建穹窿。

五歌文艺

文翁肇文基，文运久风移；相如太冲繁滋，眉山父子雄奇；李杜诗词，都经蜀道得文匙，文教之师，南朔其谁，古来文学科在兹。

六歌学成

丝竹弭刀兵，化育播美神；万国往来送迎，百年无恙民生。四海弟兄，明德惟馨，海晏河清，利贞元亨，寰中一片太平声。

松　柏

一九四六年

进化到今天，物物贵朴质；
人民面光明，耻虚而尚实；
松柏其矫哉，瑰奇惊突出；
时刻际风云，枝叶不萧瑟，
任尔天地参，成形在得一，周岁度等闲；
千春永壮茁，有时针影庇群生，
有时一干支大厦，所立卓尔最有情；
斧斤加之何所恤，根性有是之坚强，
皆大欢喜表以笔。

寿洪友仁先生七秩

一九三九年

中古以还器于尘，凿开混沌散天真，
中古而上完其朴，万千之岁寻常身，

所以世间多福多寿多男子，心如赤子之天民，
友仁先生何坦荡，何思何虑难与伦。
贵亦未尝笑，贫亦未尝颦。
竹屑木头不忍弃，黄金白璧不为珍。
事大如天来眼底，平生曾作第三人，
世人谁见谁忘机，机心机智不可伸，
一言一动皆寿相，台狱三呼有夙因，
自昔鲤庭进桃酒，时时兰砌绕石麟，
秋蔬秋韭黄冠里，城市山林乌角巾，
邵无名，陶五柳，寿身寿国，
年年怀葛赏良辰。

赞美农村（农村所见）

一九五一年

农岂苦，农岂苦，妆藏歌大有；
鸡雏牛犊笑繁滋，乐业安居无险恶。
采山钓水趣怡然，老至何知勤俭朴。

劳农忙，劳农忙，不觉度流光；

暑往寒来成岁序，男儿女子事村庄。
粟菽丝麻不用买，家家自在庆华堂。

田家乐，田家乐，时时欢耕凿；
青天红日戴当头，山深林密得樵牧。
和风甘雨惯逢迎，人人有此好工作。

劳农福，劳农福，春来播百谷；
阴晴风雨有情天，栉沐年年笑可掬。
秧歌古调处处乐陶陶，冬来老幼补茅屋。

述平绥、正太、同蒲、平汉、陇海、浙赣道上见闻口占八首

一九三七年

寇　入

东海生蛟鲸，杀机延大陆；逐逐狡吞食，茫茫盲心目；
所到肆其屠，如彼螯人蝮；岂知“戚家军”，平倭计之熟；

折冲有苏张，歼灭有颇牧；以一欲服人，大欲祸所伏；
穷兵将二载，耗金亿百六；速战在速和，和战不可速；
少壮几军人，竟忘君民哭；我虽有牺牲，彼将终天禄。

空 城

空城复何有，处处烟笼柳；寻常百姓家，十室空八九；
尘土堆窗扉，茅茨蔽井臼；东家卧病夫，西家余老妇；
街头寂无声，不吠丧家狗；同行半饥渴，饮水无绠缶；
触目何神伤，使我低徊久；借问胡为者，寇去旬日后。

农 家

农家苦，农家苦。自从寇过无乐土；
取我耜，夺我牛，菽粟稻粱全没收。
今年种子何处寻，村村农器空万户；
寇如狼，寇似虎，何为殃及老农圃；
我不亡，汝必丧，收复河山留悲壮；
歼尽贼酋驱尽倭，耕田凿井安吾居。

吴 妇

浙赣道，有吴姬，欲向行人怜乞食；

将语不语有所思，自言离家不几月，
裹粮告罄徒伤悲；
出门之日几儿女，钱江桥畔失追随；
望夫夫不见，问姑姑何之；
关河到处生艰阻，侬家薄命至如斯；
伤别离，伤别离，昔日缠头满金玉，
于今数米无扊扅；
风雨凄其冷天地，天长地久诉谁知。

富　人

有人倚江头，白皙而平颡；惴惴似怯寒，斜披敝鹤氅；
家属带愁容，参差搔背痒；自悔在家时，未能卜式仿；
吾村练壮丁，孰视吝犒赏；流离道路中，出支真冤枉；
一饭索万钱，一宿金百两；欲献已无金，金尽将焉往；
国强家自庆，此理甚明朗；安得富家翁，家家恍然恍。

老　弱

稚子为难童，道上所见同；呻吟遍衰老，中有一盲翁；
过客邻其旁，折腰而鞠躬；云余素乐天，目明耳未聋；
寇兵入村落，村落一炬红；大儿阻海外，小儿入军中；

婿女东西走，剩我为残癃；苍苍曷其极，怅怅万念空；
闻者酸以鼻，含泪为之恫；安得灭丑虏，老少得艵幪。

伤　兵

道上满血腥，血腥生伤兵；伤兵笑自苦，肝胆见峥嵘；
以为国多难，安识殇与彭；带彩吾天职，杀敌求成仁；
况不坏心田，九死必十生；此番吾伤愈，吾愿再从征；
再伤再愈后，吾国乃澄清；我闻此壮语，语语心为倾；
民兵已如此，藐乎弄潮鲸。

积　尸

平沙浩明灭，城窟漾人血；野狗衔残头，枯树依烂舌；
天际吹腥风，积尸堆残雪；狼藉卧纵横，贵贱安可别；
寥落几行人，行行声呜咽；何物此虾夷，一瞥肝肠热；
古来炎黄族，变夷史烈烈；欲洗国仇耻，只有血与铁。

五　古

日机袭陪都波及山居诸友慰问以诗

一九三八年

天地发杀机，毒龙爬大陆；铁鸢蜿蜒来，江天为翻覆；
祝融助其虐，白热光熇熇；爨火横青苍，颓垣埋华屋；
二三我良朋，有时亲石木；岂知蔼蔼流，丙焰波其麓；
毁物又伤人，蚩尤安肆戮；祸福古无门，臧否巧倚伏；
否极泰自来，万年此往复；造化有安排，狼野空逐逐；
忽然阜民生，民权张民族；几亿古炎黄，人民自亲睦；
神州肇新运，何待蓍龟卜；嗟彼三岛民，七十年乐育；
窃取人皮毛，还珠反用椟；祖国哺忘恩，枭獍包藏夙；
风雨不崇朝，进锐退乃速；厌战他臣民，吞声未敢哭；
民岩亦可畏，嗣逐暴秦鹿；天道纲恢恢，皇系将终禄；
奄忽海无波，到处欣新筑。

闻吴子玉被倭人毒杀

一九四一年

吴子好春秋，夷夏严纲纪；正气得乾坤，至善知所止；
不二盟其心，抱一以终始；风竹写所慕，（慕云长之为人亦喜时作风竹）咏物葵花鄙；（有笑彼葵花向日倾句）
寇奸日纵横，伤怀入骨髓；三匝绕重围，俯仰空拊髀；
矢志在成仁，生也亦所耻；丧元不坐忘，大患有身累；
遗语皆精忠，精忠良有以；飞耗惊人间，微疾乃得死；
疑狱何所疑，悲愤动遐迩；后凋见岁寒，松柏常如此；
民族之英雄，盖棺论定矣。

闻海盗用医者杀人愤感

一九三八年

有病不作病，病自去乃身；百邪渐驱逐，自由精气神；
神农未尝草，长寿多天民；野老素勿药，考终傲大椿；
医人如医国，世俗难问津；内经苦玄理，灵素存若湮；

仲景验奇方，辨性李时珍；人亡汤歌在，著手几成春；
有恒绍三世，下药仍逡巡；西方重独味，佐使少君臣；
临症尤难误，一误乃杀人；当其施刀砭，惴惴鬼为邻；
人命实危浅，倏忽谢新陈；不药为中医，古语时谆谆；
神州况多事，盗贼生海滨；谁系国安危，贿杀化青磷；
英雄难为病，一病取死因；剖腹与截肠，催眠忘苦辛；
行刺不折矢，难诉术不仁；冤沉千载下，读史久失真；
原告千金子，岩墙不可循；死有重泰山，胡为逐风尘。

寿刘菊坡先生

一九三八年

江汉有杰士，不与世推移；攀崖企寥廓，观水乐涟漪；
兴来发歌啸，兴尽事酴醾；婆娑不衫履，时恐空酒卮；
迈心辟玄理，援古解人颐；世儒拘章句，人生安取斯；
豪情一世盖，直道三代追，春秋羞皮里，月旦亦神奇；
兴文雄海内，不守老聃雌；叱咤来百感，遑问贵显谁；
不平常满腹，俯仰乃坦夷；风骨屹老苍，至老不能衰；
亦作万人师，翩翩励驱驰；亦为入幕宾，首领相委蛇；
侠气伏绛灌，怀才慕吕伊；纵横瘦髀肉，誓以醒睡狮；

巴山风雨日，邂逅缔新知；同趋联晨夕，敦义见切偲；
肝胆感嘉贶，尽言是我师；我矫曾子固，不信不能诗；
咏怀有所得，见君生忸怩；切磋掷金石，恨以相见迟；
华年几耳顺，两鬓不成丝；松柏喜霜雪，不碍劲风吹；
内外绵瓜瓞，点颔以戏嬉；人少阴寒气，是何百禄宜；
得之洪钧厚，舒卷享耄耆，欣逢黄花节，临觞进厥词。

寿王太蕤先生六秩

一九三八年

青青岗上柏，莹莹涧底晶；高标隐霞际，重阴覆地平；
望尘想卓荦，企止何峥嵘；谊苦心自妙，才大力乃宏；
呼叱阴霾散，唾咳风尘惊；高俗排流议，强矫出性情；
慷慨满胸臆，遑问鼎与烹；太行中条脉，河汾铁铮铮；
神龙时腾首，风电益纵横；岂容罹时纲，驾言远徂征；
誓拯黄运厄，先寻白水盟；泛舟洪涛里，郁纡心乃贞；
君子通大道，世儒非所营，驰马遍神州，惆怅在民生；
春华而秋晖，秉以天之真；朝云不归山，霖雨河川盈；
亦吹习习风，惠我古幽并；琳琅飞珠玉，所贻惟明铛；
吏道虽云迫，伫盼要遐声，大隐不在野，溪泉可濯缨；

鸾翮安能锻，莺嘤山谷鸣；八表投新诗，报以七步成；
丹忱绕素腕，勃勃发华英；俯仰收今古，大千一毛轻；
星霜历而顺，白鬓不数茎；仁智乐山水，寿相莫与京；
桂兰生阶砌，簇簇皆璠璎；氤氲积磅礴，大福自有经；
今之维摩诘，昔之商钱彭；琼筵开台麓，祝嘏觞未称，
予怀时耿耿，聊进凡琶筝；待饮黄龙后，共酌湖文瀛。

贺徐兰荪六十双寿

一九三八年

铜琶击铁板，高唱大江东；两间厚古调，拍拍人天通；
大隐神来往，江山万籁空；无音入云际，唱随发光鸿。
有时泻悱恻，唧唧鸣秋虫，有时响悲壮，音律振顽聋，
谈兵满桃李，桃李九州同，豪饮亦今仙，洒酣颓其中，
书斋何所有，杯盏杂丝桐，见之消傀儡，意气忽玲珑，
所以知音者，远近访崆峒，一饭稀其世，钜鼎古今雄，
肥鸡如小雀，豚蹄浮金钉，斯时座上客，章我刘与洪，
大笑有生来，未见此物庞，庞物表神州。泱泱大国风，
有此恢恢度，乾坤自无穷，我交诗画欢，长以慰奇逢，
奇逢何以表，附骥呼三嵩，斯人云是谁，兰邑大徐公。

孙庸斋先生及雨苍夫人百龄合庆

一九四零年

吾友孙夫子，又遇天一方，梁孟合其德，百龄春酒香，我欲作青藤，祝以嘏无疆，长安空五色，搁笔徒彷徨，我欲赠以句，索尽老枯肠。论交云卅载，何以侑一觞，吾闻阴阳道，乾坤无尽长，风雨满河山，等闲度星霜，蝉联歌偕老，到处皆昂藏，高轩几度访，四壁映缣缃，毛锥悬矛戟，入座眼生光。诗书养恒性，俯仰以徜徉，况有神仙眷，相助以明铛，政余和韵事，推敲寿而康，待至金婚节，再庆君子堂。

贺郑曼青、丁懿都花烛

一九三九年

多才而多艺，吾友郑曼青，师承兼母训，弱冠通群经，精妙八六法，海内已晨星，倪迂与米颠，潇洒得其形；挥写绿天蕉，偏反生伶俜；莲竹亦奇逸，虫鸟寄珑玲，医人悟医国，玄机觉素灵；画卷长在手，澄怀时惺惺；
有时诗兴来，豪饮不停瓶；有时舞剑器，迅疾走雷霆；
复得懿都助，中雀双投屏；梁孟合其美，兰桂蔼阶庭；
国手逢将种，何事耽参苓；画眉分彩笔，博议柬明棂；
娘子军当出，共洗腥膻腥。

诔马相伯先生

一九四零年

丹徒有奇逸，达思为先觉；野处敷其教，宅心运帷幄；
大猷成铁案，修辞必坚卓；同仇宋宗泽，明理晋抱朴；
桃李遍神州，希文之忧乐，老骨益嶙峋，激扬世清浊；
笑谈惊龙蛇，慈祥比鸾凤；家国切安危，弥留回问数；
百岁寄人间，千秋传硕学；天南望突突，遐纵终古邈。

登云顶偶以广韵口占示怀杰弟

一九四零年

晨起登云顶，四顾来嘻嘘；彼苍碧无极，腥风满杀机，哀鸿起兵燹，亿兆泣喁喁；大地少净土，桃源无安居；
天心是仁爱，万物应熙熙；佛性皆欢喜，祥和生光辉；
人间本无事，郅治实可几；静观来往人，穷年以醉痴；
何以三家村，米盐怖子虚；何以农家翁，有粟难食诸；
民生实不辰，我生将安为；瘏口告斯人，斯人梦如愚；
祈祷眠终古，一时沓无期；将辟张良谷，杨妹恐思饥；
儿女催学费，学费逼须臾；化金与雨粟，古今见者谁，
嗟我身老大，老大逾古稀；负载已无力，教学气难舒；
登临兴一尽，闭户卧吾庐；习我耕烟画，临我羲之书；
游艺劳工圣，聊可应急需；百余年否极，泰来在斯须；
杞忧转为笑，还以拉我须；怀杰鬻书返，应解困重围。

步李涵初咏郧侯书院韵赠朴园书藏主人

一九三六年

蜀峰映天竺，耸有峨嵋山；文翁开以先，贤哲挺其间；
岩阿有陈子，晦冥门常关；琳琅守残阙，高风安可攀；
皎皎娱心意，岁月自闲闲；不贵赵孟贵，遑如固与顽；
庭前欣兰蕙，古欢在孔颜；伊人寄秋水，羡彼出尘寰；
西望成渝道，渺渺八七贤；何时入君室，浏览三赞叹。

和林肯厂先生与述先、仲采、石珊仙、章仲明诸君得古字分韵

一九三六年

皓月长夜烛，宇宙如林圃；吾辈偶现身，俯仰入今古；
贤哲发长吟，山河隐净土；千春原过客，自我乃其主；
不作三都左，联赋小园庾；剧怜墟庐舍，遑恤芜庙庑；
戾珍满寰区，何处风声树；伴影酌过三，忘情更欲五；
沾巾碎唾壶，借箸羞籍脯；论诗与白也，评书玷颜鲁；
谈笑真性情，唱和都肺腑；莫谓儒生酸，或可假其斧；
时势造英雄，风云会龙虎；共肇太平运，一雪诗人腐。

重九王太蕤招饮高台丘
是日末至代寄拈韵得花字
次日登渝西云顶峰
成二十二韵并柬列席诸友

一九三九年

飞鸿落天半，金玉音不遐；步上云顶峰，四顾出三巴；
子规犹余血，帝子有残花；俯仰生百感，远近应悲笳；
郁乎苍无际，风雨莽平沙；山深惊猿鹤，陆旷走龙蛇；
狼烽漫蚩雾，杀人已如麻；尸殍腐净土，肝脑混清洼；
啼痕万方湿，此时同天涯；欲补天之憾，无计诉皇娲；
虎豺不驯服，此愿难偿奢；同群实胞与，胡为磨其牙；
河山何处鹿，桃源竟无家；学运开汰竞，种瓜得其瓜；
中道越正轨，载鬼宜百车；费尽生心力，只缘动念差；
元元供荼毒，毫末竟何加；可怜人中魔，毋乃螳与蛙；
普济大有人，何事长咨嗟；貊道快终极，聊以乐蒹葭；
侧身仰冥冥，歌唱荡烟霞；朝迎新曙新，夕望斜日斜。

衣

一九三六年

卫生有常经，冬棉而夏苎，热亦庇其体，寒亦得所御；
污浊浣以时，可与狐貉侣；重裘非所宜，宽博圣亦与；
润身岂在衣，胡为事楚楚；不为裁缝奴，何必盈筐贮，
典礼昭威仪，文绣何与汝；男女徒务外，舆情久不许；
男鄙鹬冠男，女轻冶容女；动物色警戒，天演所龃龉。

食

人生食为天，贵贱将无同；却病慎口入，始基在蒙童；
古训节饮食，岂特田舍翁；朱门酒肉臭，或夸一日雄；
万钱难下著，忧心仍忡忡；何如多食粟，甘脆不内讧；
庭园饶蔬韭，古老以始终；肠亦何从腐，物亦何时穷；
朝野行吾素，摄养自有功；惜食自惜福，庶几君子风。

住

阴阳昔所相，筑室慎始基；地广天自大，风光乃落兹；

天地既高旷，金屋安过之；果木扶疏荫，阴晴情所怡；
开轩入清景，散步出新诗；寻常家无鬼，歌哭长予斯；
不观巍峨宅，居高思忘危；丹青尚未竟，新主几易谁；
苟完与苟美，此道识其微；君子居何陋，古人不我欺。

行

当车以安步，所以备不虞；荆棘生当路，覆辙在斯须；
由径为小道，无宁走通衢；逾墙与诡御，不重类穿窬；
践履谨其度，坦坦远前途；古人戒竞逐，斯语唯可迂；
若际国家事，寸阴争过驹；破浪长空里，风波忘江湖；
捷足喜缩地，驰驱乃丈夫；经权固常变，何事守故株。

题咏莪堂记

一九三八年

人情薄屡空，天道培穷独，宇宙历万年，万年此实录；
君子素其位，贞心时可掬；梁孟合其德，乾坤萃清淑；
恶恶似仇雠，好义恐不速；黄金分昆季，慷慨鬻其屋；
赈饥如救溺，一语民之牧；仁者有仁声，黠者起谤言；

俗吏安知情，家产为倾覆；大书借米帖，谁与釜庾谷；
良母愤填胸，谁解吞声哭；遇变皆守常，虚心乃实腹；
大道毋固穷，牛衣怡苜蓿；今日人我祸，来日我自福；
动心发忧患，物理研之熟；天行健不息，陵谷互倚伏；
秉心得其天，天心自来复；贤哲生兰桂，飘骤化髅髑；
自古明德后，达人食其禄；莪堂三四间，孝思寄小筑；
五世占其昌，当以蔚华族；开先有仲淹，义田起划粥；
天道本恢恢，何用蓍龟卜；彼哉虚荣人，丹青涂土木；
几年几新主，荒丘埋金谷。

读彭仿陶先生诗钞二首

一九四六年

斯文似将丧，万籁安洪濛，老壮忧沟壑，风雨悲酸穷，
悠悠久尘劫，人道谁磨砻，三余少乐趣，八方醉梦梦，
不循现龙辙，遑醇豹变风。

陶公真健者，稀古愤为雄，纵横一枝笔，四顾神州空，
铸语寒魑魍，吐辞醒顽聋，无邪寄比兴，得毋三百同，
一读一踊跃，企业望穹隆。

许公武示入山访陈树人因和原韵

一九四零年

风雨访岩阿，乘兴以自喜，诗思满晴岚，画意叹观止，
举头出天外，浑忘乱与理，亦闻空谷音，伊人在秋水。

江友樵同志以画稿相示
喜甚诗以赠之四首

一九五四年

江子起巴东，落纸大家风；臂腕道玄力，焦墨鬼神功；
六法师造化，三时夺天工；轻灵挥妙笔，驹骏欢乃翁。

君身有仙骨，逸兴四时发；岚霭浓成烟，带叠细如发；
明暗生瑰奇，僧繇之凹凸；三复山水图，丰姿何突兀。

术技自有真，潇洒出文人；沉雄得遗产，俯仰绍先民；
汗游走燕冀，作家偏问津；神州宗南北，愿收天下春。

东西混交错，国画日寥落；时人喜现实，古意不可作；
融会新旧派，健者岂示弱；担荷在君身，千钧之寄托。

松

一九五三年

人间秀挺姿，长成在空谷；纵横宇宙中，枝干露头角；
岚气霭斜烟，风声伴飞瀑；茂密赛枫梧，皓洁比柏竹；
瑰奇生错纵，摇曳战迫蹙；阴浓猿鹤栖，淡泊雨露育；
任春夏秋冬，年年青穆穆；因之今昔人，一望一刮目。

题画《紫藤》

一九二一年

有物非松柏，从生俨自若；仿佛槲寄生，浑身不示弱；
垂花如簇锦，仰天透碧落；荏苒以荫浓，曲变而盘礴；
春来时迎眸，夏至招入幕；在野庇人民，在山栖猿鹤；
博济悟胞与，本性无愧怍；坐下都怡然，万古清凉药。

题画《山水》

一九二四年

巍巍大山脉，岩层埋煤铁；地质学有人，莫愁勘探缺；
瀑布来天外，利用田禾茁；不息泻长流，密防山洪泄；
古屋造先民，工农滴汗血；林里隐浮居，形式展建设；
憩息满工农，有时庇耄耋；人间无废物，领导宏提挈；
写此风景图，意义岂一瞥。

咏怀齐白石先生

昔我重来北，首与公相识，我喜画兼书，遑知雕与刻，
公章名海内，刀笔妙特色，亦知学藤花，样样已造极，
写实豢虫鱼，我见大得力，我曾栖故宫，时来看眉翁。
三殿陈古物，一一赏人工，我追随公后，金石试磨砻。
发言宗大雅，举手见儒风。孙郎来尽日，助我设青红。
交欢日已久，曲异而工同。海王村影馆，镜里作公伴，
壁立十余年，姓殊名同款。二璜唱双簧，京华谈侃侃。
前年公家入，手将我久执。旧交表新情，甘脂盛供给。

古貌仍依然，话言稍讷涩。送我出门前，我跃几阶级。
回首向公辞，公笑答我揖。精神此周挚，延年岂止十。
讵料事无常，大师竟退藏。哀耗动中外，艺林黯伤神。
人民隆典礼，追悼满趋跄。存殁乃形式，阴阳本渺茫，
创作成卓越，万古长流芳。

答谢海内师友赠诗八首

一九三六年作

海隅居贱子，梦梦何所期；九龄失所恃，蚩呆昧谦撝；
我祖诒我经，父亦尝语斯；叔昆道性理，渐渐启良知；
时以示古圣，总角闻宣尼；后读李聃经，乃复敦守雌，
久之若天性，不慕惊神奇；痴想黄农夏，汉唐不可追；
我生云不辰，惘惘有所思；自怜根器薄，俯仰以忸怩。

冉冉乃成人，波涛益险恶；万派集东西，群经淡糟粕；
语文竟旁行，炎黄无适莫；因之心怦然，遂亦辞丘壑；
其时首都中，气象似磅礴；重译百科书，哲人是敬恪；
玉帛事委佗，空疏成大错；黄海亦扬波，飞将不可作；
荆聂在何处，苏张亦烂舌；大陆欲陆沉，伏案时血热。

春明留几载，愿言之四方；虽云识草木，其犹正面墙；
斯时太行友，弓旌言相张；我以唐虞都，神州蔚国光；
中有唐叔桐，西有召伯棠；河汾绍绝学，言性闻文章；
西方多彼美，原上君子堂；教学望三益，毋乃夙愿偿；
安知空奄忽，望古咸未遑；一日复一日，争此何事忙。

逝将盛年尽，今吾犹故吾；天道昧微奥，人情皆廓郛；
说文误豕亥，拭器茫琏瑚；不学老便至，何以得自娱；
鲸鹏游霄海，燕雀借桐梧；顾瞻夫子庙，棖几止一隅；
举头面王陆，散步对程朱；发愤慕贤哲，志以去下愚；
薄海宗至圣；敢亦效区区；蛟雷知细响，责以尽匹夫。

宫墙聚图籍，借此饶幽独；三匝绕泮池，低徊亦卓荦；
闭户小桃源，年年欢剥啄；且乐此中人，人人多抱朴；
端溪穿凤尾，忘我临摹数；老缶与冬心，五十绘情笃；
我亦乐其中，知非始驰逐；兀兀以穷年，所以行吾乐；
聊以肆微勤，遑知完大璞；亦以写性情，敢云耄而学。

乃我诸师友，盛宴以见招；云是栖迟久，以此慰征轺；

是日高朋满，穆穆而夭夭；相继投珠玉，或比傅真侨；
有云书狼藉，想见素师蕉；天池青藤笔，尔亦惯摹描；
征往预知来，并世或寥寥；秉心无尘物，抗志在云霄；
中原逢丧乱，风雨复哓哓；宠锡何过情，似将朽木雕。

愚柔夙成性，人一己虽百；华发已满头，补修无长策；
戚戚怀今古，茫茫望邹峄；四科日益分，众说日益赜，
生面开六经，拳拳岂有益；久淡湖海情，只剩烟霞癖；
春来惭桃李，岁暮愧松柏；尺蠖已归真，寸驹况过隙；
欲报潭水情，仰视长空碧。

差喜形犹寄，庇荫满绿天；起视书案中，仍悬万毫巅；
艺游八六法，兴逸尚能专；泼墨不手战，驱笔尚规圆；
笺素生蹈舞，得鱼乃忘筌，欣欣以终日，自戏管铜椽；
只此答高义，庶几长周旋；遍挂门墙壁，共以乐陶然；
书空此咄咄，永结人间缘；行见大同世，唱和自年年。

七　律

十月一日开国大典

一九五零年

故都旗闪五星黄，海国衣冠贺庙廊；
万众高呼元首出，千军奋起大风扬，
河山云涌新民主，雨露膏流旧土疆，
东亚一声狮子吼，天安门外即红场。

寿章一山先生八秩

一九三九年

先生清节范瀛寰，绝学风流不可攀。
一代菁华归笔底（先生著《康熙政要》），
千春姓氏遍人间。
寸心落落空今古，尽日闲闲乐孔颜。
八十精神此矍铄，天增岁月壮名山。

夜泊白帝

一九三八年

江天一夕伴愁眠，白帝城边剩杜鹃；
古调歌沉云外月，明灯点破水中烟。
千年旧迹今犹在，万派奔流去不还；
落落行踪残夜里，问予何事寄楼船。

渝城回云顶道中即事

一九三八年

行窝俯仰悟蜉蝣，顷刻浑忘民族忧；
峡水回时波汹汹，巴山耸处翠悠悠，
云中碎石林间漏，石隙飞泉涧底游，
宇宙有情闲指点，关心无地不迎眸。

欧战又剧

（二次世界大战）

杀机暴发惨无端，到处号啼泪不干，
岛寇原来亡礼义，欧人也自有心肝；
同胞流血成何事，兵火连天不忍言；
刍狗生灵谁宰是，百年几岁得平安。

闻金陵伪组织成二首

尊攘麟经大义伸，降倭又见几多人；
江淮泪血悠悠赤，金粉衣冠楚楚新；
秦桧儿孙羞认祖，文山仇敌拜成仁；
当年填海深情者，到此关头要率真。

不信传闻真帝秦，登场处处唱喧宾，
普天都记同仇话，此日乃忘用夏身。
家国兴亡全在我，灵魂生杀岂由人，

悬崖勒马争残著，免得穷途涕满巾。

戊寅避寇自晋由潼关回台州偶成二首

一九三八年

少住家山思悄然，身心闲里溯从前；
襟怀迂阔犹吾素，状貌依稀岂昔年；
梅福何心居吴市，韩康无计寄秦边；
案间幸剩铜头笔，歌啸临摹当着鞭。

叠前韵

人间何处不骚然，浩劫玄黄已绝前；
不断龙蛇争起陆，安能猿鹤学忘年；
嗷鸿诸口哀天际，飞燕危巢戏耳边；
破碎金瓯娲待补，谁为东海快投鞭。

赠许公武用其自寿原韵二首

一九三九年

将军转战遍天涯，到处行营到处家，
蜗角何妨成小试，虎头本不足矜夸。
投壶谈笑风存雅，入幕推敲兴不差，
儒将情怀原尔尔，从来铁马等寒鸦。

英雄自古思无涯，小谪红尘天下家，
忧患半生心未了，琴樽一室兴堪夸。
在朝大隐颐年事，投笔荷戈此日差，
退食余闲万念寂，江山好处点飞鸦。

读朱颉仁学兄书言台州年来建设异常迅速并附近作书怀即步原韵二首并柬敬复先生二首

一九五五年

所为拂乱困心身，久厄寰中亿万人，
填海移山成后果，泰来否极也前因。
安排民物无偏假，整顿乾坤正认真，
同到年华濒八十，欣逢大地始回春。

如君明月是前身，通国三年出几人
（君弱冠成进士），
理精深探真果实，祖先遗积亦缘因。
善交丰度醇醪味，入世情怀烂漫真，
平地成天新世纪，家山谈笑度千春。

和圣装先生祝怀杰弟四十一初度原韵

一九五四年

书城图府妙钻研，总愿天人究大全，
有识妆罗皆奥境，无穷发掘最书田。
欣逢大地翻新日，正是三生强仕年，
一代名儒传衣钵，天公又巧赐奇缘。

步陈树人先生见赠原韵

一九五四年

人间何处不逢遭，只隔云深系我劳，
万派地中原一贯，诸峰天外不孤高。
何必黄海爬虾蟹，无计黎民竭血膏，
俯仰山中增岁月，烟霞咀嚼是人豪。

和鲜英先生见赠原韵

一九五四年

七旬八十各健康。后先二老岂寻常，
高低扶杖探陂麓。霜雪缠头话短长。
冀北公来度寒岁，巴东我惯比家乡，
风云大地开新建，到处烟波可钓璜。

春日松风阁

在歌乐山虾蟆石一九四一年

暖风和煦任徜徉，环座春山作画张，
九叠峰巅新晚翠，万松影里古斜阳。
韶光醉处浓于酒，花气融时淡有香，
天地多情容我辈，群峦尘外许寻芳。

王太蕤先生《示孙郎结婚》原韵和之二首

一九四二年

几年绕膝戏群儿，又见文孙博议时，
兰砌青青蒙福荫，槐阴渐渐遍仁施。
暂移汾泽沾巴峡，权借艰时警吉期，
大福茂弘自镇定，曾玄转眼点嬉嬉。

乌衣门第燕谋贻，缅履王孙姿表奇，
摩诘情怀开家学，伯安策略潦胡儿，
匹夫宗子乾坤寄，三世平天成地思，
自古家齐乃国治，神州此日倚安危。

和九二老人萨镇冰《花朝》原韵

一九五二年

矍铄形神一妙年，心花到处发无边；
逍遥湖海探群卉，飞跃鸢鱼走九天；

寿近百龄康眠食，诗成七步散云烟；
欣欣兰桂匡新世，大地重光灿面前。

和鲁迅先生《自嘲》原韵

一九三八年

人们只把崭新求，何必成名在上头，
借箸高谈披真理，著鞭如意化横流。
谁闻喔喔声鸦雀，岂顾庸庸唤马牛，
彻底搞通矛盾律，仰天长啸有千秋。

题《蕉》

半生长自写芭蕉，未解素师学字劳，
今日画蕉通作字，闲来无事满心潮。

五　律

歌乐山次江翊云先生韵二首

一九四零年

莽莽乾坤里，山中庇数椽；时屯辜好景，粟贵式良田；
俗简风犹朴，仇深志益坚；空前逢厄运，到此辨奸贤。

叠前韵

久未窥江水，连山筑万椽，新开皇古石，易活蜀中田，
不断惊风雨，都成试白坚，阴霾顷刻散，整顿赖群贤。

云顶答和许公武先生

一九三八年

何事云峰寄，朋来带笑颜，川江烟漠漠，巫峡翠湾湾。
胜境同欣赏，诗人任去还，国家正多事，愧我学偷闲。

和许公武先生暑夜寄山居诸友韵二首

一九三九年

闻道吾军胜，搜图仔细看，金瓯犹带缺，铁血未能干，
烈士腔全热，庸奴胆已寒，再为催一鼓，长此报平安。

习静空山里，烽烟莽莽中，开轩迎竹雨，隐几卧松风，
老健还如壮，时艰怕作翁，诗书聊自遣，忘却技雕虫。

奉和黄鞠生赠诗原韵

一九三九年

多少椎秦客，倾心黄石公，谈兵余扪虱，挥麈妙屠龙。
将帅生桃李，琴书见杰雄，韬钤消劫运，大匠在人工。

答杜老福堃自沪上赠句用原韵

一九五四年

早下渝城寄，缠头雪与霜，共和深夙愿，郅治现重光，
工部川之沪，柯亭草更狂，云山三晋地，是我菟裘乡。

蜀　感

一九五零年

桃林红雨落，蕉圃绿天开；春自江南到，人从冀北来；
岷峨餐秀色，巴蜀会雄才；鞍马征尘歇，千军辟草莱。

七　绝

庆祝主席副主席选出二首

赤县神州不夜天，普天同庆到东川，
今宵莫怪人人喜，八十年华似幼年。

新运无前遍海滨，英明当选巩维新，
人民多少开心事，勃发心花无限春。

寿马相伯先生百龄二首

一九四九年

丹从碧荫万年松，历世才经一百冬；
救国文章建国业，蜚声海内仰师宗。

精神积极老还童，便是先生颐养功；
有道希夷探月窟，年年桃李笑春风。

董必武先生以观金山、白杨、瑞芳诸艺术家演郭沫若先生所编《屈原》剧三叠二绝见示谨和原韵二首

一九四二年

汨罗遗恨几经秋，今古伤心是国仇；
偏反婀娜争代谢，苍茫何处认兰荪。

碧血千年空谷音，洞庭波起听行吟；
衣冠古貌声声里，一曲三弹耿耿心。

既步黄（炎培）、董（必武）、郭（沫若）诸先生咏屈原唱和矣冉寸峰邀观剧演出古调哀音至为感动归叠原韵二首

一九四二年

彰瘅大义著春秋，岂独冤沉一楚仇，

三代人心存直道，神奸无计掩薰莸。

弦里筝琶袅袅音，三闾孤愤诉清吟，
还虚浩气流悲壮，碧海青天不死心。

玉　簪

一九三八年

林下清香赛水仙，阴晴含笑有情天，
横斜来上罗敷髻，只恐搔头怕斗妍。

木　笔

一九三八年

园中一夕破鸿濛，朵朵安排造化工，
人间竟有生花笔，毛颖纷纷拜下风。

题郑曼青画《墨荷》

郑虔三绝早名家，歌乐山头揖下车，

别我风尘秋几度，今来又读墨荷花。

许公武兄解印试院诗以赠之

一九四四年

年年国事作劳人，前事未成后事频，
偶借形神暂休息，评章风月亦经纶。

喜祝解放重庆周年二首

一九五二年

站起来了瞰远东，工农争得主人翁，
今年发展辉煌果，都快新民心目中。

奋斗精神满眼新，经营业务不因循，
全心全意何由致，获得光荣解放身。

在重庆市人民文艺馆
听程砚秋先生座谈二首

一九五一年

善恶彰瘅别有忧，衣冠到处借逗遛，
妆成优孟辛酸事，款款登场写素秋。

觉世化装第一流，台前群众胜清修，
先生踏遍滇黔地，唱革西南多少州。

（注：柯氏为提倡新剧，曾于民初在太原号召大中小学生领导组成“化装觉世社”——编者）

观梅兰芳先生演《贵妃醉酒》有感

用苏子瞻春宵原韵

春宵一刻值千金，醉里婵娟步月荫，
有约三郎何处去，魔王自古宠升沉。

前　题　用王介甫春夜原韵

舍炉香尽漏声残，儿女酸心翠袖寒，
悲歌诉苦无边恨，含情涕泪倚栏杆。

观梅兰芳先生演《霸王别姬》

用程明道秋月原韵

力拔山兮困江头，豪杰佳人铁血秋，
宝剑刎身青史事，人间终古说悠悠。

前　题　用朱紫阳《观书有感》原韵

觉世登场粉本开，观摩群众久低徊，
先生妙舞神衣钵，半是钻研有自来。

和由定盦学长原韵

一九五二年

大地空前新运来，重光前路岂迂回，
吾人策马湖山胜，都是家庭都进杯。

代重庆市人友川剧团
赠重庆剧协成立二首

一九五一年

戏剧从来教化雄，真能人巧代天工，
装容作态形美丑，感化人民妙作风。

川班旗鼓最蓬蓬，早与秦腔名远东，
犹有典型先后辈，前头领导更玲珑。

题仁良篆刻有序

一九五二年

纵横铁笔，峭劲中饶有逸韵，
最是难得，仁良先生妙笔臻此，
他日境界何如，非俗眼所能想见也。

篆籀精神蕴此中，摩挲秦汉见遗风；
不图少壮锋铓笔，已得个中造化工。

赠彭仿陶

一九四六年

我兄湖海早为家，处处巴岷有晚霞，
最是铜梁好福地。春来桃李遍生花。

居云顶寺偶读吕洞宾《修养集》有感戏咏二十四首

一九四零年

万木萧森远近林，烟霞来去几鸣禽；
化机浩荡人非鸟，感喟中来不可禁。

开辟鸿濛几度秋，新陈代谢剩荒丘；
王侯蝼蚁青青里，谁洗人间万古愁。

空即是色色即空，易象阴阳泄化工；
五帝万几皆长寿，执中访道有崆峒。

近来几个享耄耋，好自有为鼎气衰；
七十古稀成佳话，红尘俯仰可胜悲。

老氏五千道之宗，言言指点响晨钟；
参同离坎人人见，不识黄牙育虎龙。

乾坤消息最精微，恍惚杳冥是也非；
世上王乔哪一个，个中端的悟玄机。

五行二气听吹嘘，太极上追无极初；
家家自有关雎乐，何用旁门扣子虚。

无字经中已告君，何须再索古丘坟；
声声口口声声里，颠倒苍茫味所云。

万法皆空智欲愚，醍醐妙窍在须臾；
机心只怕先天剥，铝汞模糊紫夺朱。

治平格致必修齐，人道端基夫与妻；
西江到处呈灵药，欲摄天根借玉梯。

宛在中央几溯洄，华颠雪鬓日相催；
岂知阖辟递天运，大地春来数点梅。

胡为日日踏芒鞋，应向昆仑问水涯；
采撷殁苗闲猿鹤，情天炼补诉皇娲。

造化多情妙弄丸，人生浪过几支干；
菩提诀证空王见，日月光华止大观。

欲扭先天筑后天，氤氲消长在双弦；
流行化育空今古，何处人间不老泉。

微言一一见群爻，不辨真经门外敲；
悟得希夷君莫怪，君非下士岂相嘲。

大江顺去水滔滔，逆水恨无断水刀；
顺逆分明了言外，山河回转是人豪。

蜃海神奇蕴甲庚，无中生有有中生；
红炉橐籥存吾乎，自在逍遥自在行。

电光磁气赤佗佗，异性依依井有波；
看破玄关超象外，回天长执鲁阳戈。

怀宝先当炼莫邪，东门几访故侯瓜；

桃花源里仙家在，不到武陵不见家。

归真返朴兆葫芦，琴剑茫茫岂丈夫；
读罢阴符擒五贼，蓦然故我换今吾。

真阴化尽透纯阳，阵阵风来阵阵香；
鞭霆历览空无际，忘却红尘彭与殇。

徐徐百炼化金刚，铁骨铜筋万事当；
透过天人机活泼，若轻举重自昂藏。

水火风雷历劫忙，寓形历劫有奇方；
昔年黄老通儒术，尚父传人几子房。

从来壶剑绍师承，得一贞恒必有朋；
变化麒麟神下上，传灯任勿冷燃灯。

居蜀渝西歌乐山顶和温岭阮季良《种菊自寿》原韵柬家山诸友四首

一九三九年

神州地老正天荒，入蜀劳人草草忙，
雁荡天台家何处，乡音欲听愿安偿。

云顶峰头云气香，我来此地两星霜，
满天烟雾横山麓，二月春荫斗艳芳。

城市山林不可兼，何如色相戏庄严，
逍遥物外如天外，自在鱼龙自在潜。

山居习静已茫然，匆匆空过八八年，
云狗曾经几变幻，羡君长乐有情天。

题王太蕤先生以百二金购我赈济画一幅

一九三九年

义愤同仇血战中，流亡到处是哀鸿，
秦关百二增声价，多少生灵感乃翁。

题《焦梦周先生僧服画像》

一九三六年

平原锦绣现三千，不见几时华发颠，
起陆龙蛇天地窄，何如静里学参禅。

题洪宪印文后应康南海先生之请二首

一九三零年

扰扰筹安事已陈，雄图寥落等埃尘，
聊寻涉迹供凭吊，剩有朱殷宝玺新。

八旬洪宪剧飘摇，白撰传闻铸复销，
认睹印文留一笑，宁知帝制逐归潮。

题无量寿佛

一九五三年

一刹蹁跹下大千，身经沧海几桑田；
人间只识庸僧面，谁料金刚无尽年。

忆程砚秋先生二首

一九五八年

潇洒芙蓉雨后开，婀娜何处惹尘埃，
现身说法菩提苦，竟见人间绝妙才。

观感群伦似有神，如君妙舞到天真，
更深听罢三弹曲，不发心花有几人。

重九吴棹仙先生《招饮》《登高》二首

一九五零年

文运光昌到亚东，昂头四顾太平风，
人间何处非蓬勃，都入诗家好句中。

吾侪幸是际新时，不发新思安所之，
盛馔佳肴新口味，主人侑酒满新诗。

奉和李广濂先生都门观群众画展贻诗原韵

一九五三年

年华荏苒别朱颜，明月几番载满船，
六法纵横仍野战，也涂鸦笔附时贤。

题梁山竹帘

谁云今世无神工，绝技犹传巴蜀东。
擘竹未曾劳大匠，生机飞落织机中。

华荫桐先生题余画《柏万里贻诗》用原韵谨答二首

一九五五年

八法盛行晋唐宋，六法今天望继传；
光大人文真盛事，不才衰朽愧前贤。

古柏森森历劫存，顽强到处振民魂；
白翁已老青年少，几个堪称是佛尊。
（白石翁今年已九十五岁，优秀青年未见成家）

祝董必武先生七旬寿辞四首

一九五五年

有史以来亚陆东，无天无法困人穷，
自有诸公伸大义，卅年争斗播和风。

神州早说天下公，多少人民愿望中，

马列东来一旗鼓，东方大地满天红。

先生才作七旬翁，万国熙熙见来同，
全是齐心统战线，足证人巧胜天工。

民物颠连痛隐衷，艰难备受拥元戎，
世界今天人极乐，皤皤到处老还童。

出席重庆市第一届人民代表大会有感二首

一九五零年

血战玄黄解放天，八方人俊会东川，
万姓三呼齐拍手，中华古老转青年。

已逐兵氛到海滨，神州气景蓦然新，
工农领导完鸿业，大地欣回无限春。

自题像

一九五六年

几亿万年偶现身，根尘老我变形神；
人天无限情怀事，浪过干支八十春。

全藏次第将解放二首

一九五二年

已渡怒江过昌都，全藏把握朗前途，
几人反抗仍醉梦，顺利金沙知也无。

藏军起义建奇功，残灭群魔指顾中，
试看来春一转瞬，昆仑喜马遍旗红。

送卫怀杰弟之南川鬻书画

一九四六年

大地霏霏岁暮天，冲寒冒雪走南川；

人间谁解卫心苦，何事离渝度旧年。

和徐宝泰、朱玉吾两先生韵二首

一九三九年

无才不惯学吟虹，觅句依然六七童，
浪过稀龄成底事，山河乃未见风同。

不才子固怕吟虹，人是稀龄学是童，
七步八义丞佳句，枯肠索断愧难同。

亮吉先生赠句谨和原韵以报

一九四八年

七步诗才仰陈思，也承厄运伏天池，
明知游艺雕虫技，敢以区区宗圣师。

忆廷光先生叔侄

用廷光先生生前赠诗原韵　一九四九年

天际忽成谈笑缘，昙花一刹惨游仙，
多情未拯生灵苦，无计完成续命篇。

观程砚秋先生演出《锁麟囊》二首

一九五一年

西南何事热欢迎，盖世丰姿艺界英，
仙袂飘飘几偏反，含冤冤曲诉怦怦。

声里缠绵弦外音，一弹一击映深心，
技能已到神奇处，大众批评无古今。

五　绝

题　画

一九四一年

苍然一片石，萧萧几竿竹；长林不落寞，终古伴空谷。

题苍松

一九五四年

空山生古木，群卉共严冬；千春斗历劫，气象自雍容。

题画虾

一九五五年

天下有舌人，无不知美味；看撮虾兵将，身往那里避。

红　梅

林间点红雨，大地喜春回；无边新草色，何处著尘埃。

绿　蕉

绿荫庇满天，和风阵阵来；工农操作后，少息亦快哉。

青　藤

宇宙一葛藤，如环之无端；矛盾寻其绪，物物统一焉。

紫　荷

叶不染一尘，花光透紫赤；其子与根茎，人人欢喜极。

黄　菊

此种花中逸，陶潜乃爱之；不香亦不艳，世人安取斯。

和彭泽久老先生原韵二首

地上大罗天，群众是群贤，人人被乐利，彭老转青年。

扭转羲皇天，领袖真英贤，六亿大欢喜，人人享大年。

词

沁园春　一首

一九四九年

今古乾坤，一刹霞笼，万变云飘。讶雨间递演，千春造化；宿星地陨，河汉天滔。射虎斩蛇，屠龙逐鹿，姓氏模糊甚下高。欣回顾，遍红男绿女，大地人娆，苍生何处非娇。都烂漫天真健脚腰。怪唐虞尧舜，难传揖让，欧美罗丘，剩得牢骚。二十五朝，皇王帝霸，泰半黄沙蹲老雕。今岂是，正成天平地，从此朝朝。

沁园春　登云顶望大江巴陵

一九四九年

云顶三秋，烟岚净洗，四顾山头。正晴空霞映，鲜红大地；巴陵屈绕，蜀水环流。响送渔歌，音调牧曲，到处人生有自由。拍声掌，喜悠悠宇宙，今古长浮？形神欲上天游。俯首看红尘民物稠。甚霜鬓雪须，浑忘古老；纵横中外，略贡新猷。万象胸罗，千春指顾，愧然寰中些故侯。齐猛省，趁潮来鼓舞，共济同舟。

浪淘沙　和由定盦学长

一九五三年

稀古笑无端，日暖风暄，终年底事笔钻研，旧帖临残古砚碎，难到王边。此老是巍然，文武双全；等身著作洗浮烟，脍炙东西人尽爱，中有薪传。

常书联句

四言联

林间扫石，松下观云。月华秋水，芳草远山。四时花月，一片湖山。柴扉临水，松径绕山。种五株柳，拥万卷书。超以象外，乐在其中。千秋旦暮，万里风云。讲信修睦，选贤荐能。盈虚调剂，浩荡经纶。老当益壮，寿而且康。席地幕天，处仁行义。

五言联

温故而知新，敦厚以崇礼。筝琶无俗韵，猿鹤有奇音。道力战万类，高怀生微吟。山川大世界，翰墨小神仙。云鹤有奇翼，神鸾调玉音。长歌书落日，怀古醉余觞。把酒知今是，观书悟昨非。自得书中趣，谁论世上名。林泉容我静，名利使人忙。墙头山色健，窗外泉声闲。户牖观天地，山川足古今。思飘云物外，诗入画图中。为爱园林好，都忘岁月催。谷静风声彻，树深泉气清。门墙多古意，山谷有遗音。座中先得月，睡处也看山。聊收静者趣，且读古人书。有儒者气象，真名士风流。身闲不用名，道在何妨拙。带经锄绿野，移榻对青山。云卷千峰色，泉和万籁声。茅屋先春补，沙田候水耕。高卧看青山，忘情消白日。神州现新国，黄族发奇光。

六言联

石径有尘雨洗，洞门无锁云封。取人录长舍短，揽古异世同情。静坐自然有得，虚怀初若无能。大同无少壮老，至乐在天地人。万事尽随流水，一时同坐春风。虚室自生静气，清风若遇故人。至化与人同乐，大和随地生春。放怀于天地外，得气在山水间。无事此间静坐，有时亦乐清游。幽室在山自古，短亭临水长清。作文当有清气，临事终期虚怀。事有一长可取，气与万化同流。未能一日寡过，恨不十年读书。闲居足以养志，至乐莫如读书。乾卦六爻皆吉，恕字终身可行。意随流水俱远，心与白鹤同闲。养身莫如寡欲，读书先在虚心。立定脚根做事，放开眼界观书。

七言联

千载图书山色里，四时歌曲鸟声中。仿佛舟行三峡里，仅俨身在万山中。黄鹤有心多不住，白云何事欲松留。闲从世外观今古，懒向人间问是非。半掩柴门吟杜句，空邀明月看梅花。松径绕山茅屋暗，柴门临水稻花香。常将有尽还天地，别为无穷待古今。知多世事胸襟阔，阅尽人情眼界宽。多福集于大度者，成功率在小心人。凡事但求过得去，此心先要放平来。入世须才还须节，传家积德还积书。人于水竹得古趣，天将风日娱清怀。昔往今来有如此，天清地旷无已时。闻得书香心自愧，深于画理品能高。贤者所怀虚若竹，文章之气静如兰。静坐不虚兰室趣，清流自带竹林风。虚室向山生静趣，幽亭临水得闲情。随时静录古今事，尽日放怀天地间。流水相娱观听外，春风时在有无间。和气春风贤者坐，静山流水圣人怀。尽悟古今无趣事，能为天地有情人。未能有事若无事，不乐长闲取暂闲。暂时流水当今世，随地春山是故人。

八言联

大海有真能容之度，明月以不常满为心。白发青裙纳佑载福，兰孙桂子长乐永康。

二十三言联

居室善经营何必鸟革翚飞小筑垣墉义路礼门谋贻翼燕，肯堂基淑德差近杜陵旧宅丞相古祠宏开轮奂桂馥兰芬。

附：七十三岁次自挽联

一、咱是黄种人、生黄岩、黄帝子孙、入地下千万载、覆黄土、戴黄天、饮黄泉、可说黄黄后死。

你真好运者、逢好时、好人领导、活世上若干年、存好心、喜好事、说好话、像个好好先生。

二、精气还空虚、环行宇宙。

遗音在金石、活泼尘寰。

三、长眠一觉、逝者如斯。

小住几时、不亦乐乎。

四、大家若想起他声音笑貌形神何尝离开地面。

自己如能留些字画文词物质也是长在人间。

后　记

《柯璜诗文集》是目前搜辑到的柯璜的诗文总汇，共分四集：一、神州国光集，内有从 1912 年到 1962 年，柯璜提倡儒学的 15 篇文章。其中 1912 年的“宗圣社会学序”与 1924 年的“孔教预言”是从山西省图书馆找出的。最后一篇“孔子于科学文化上的贡献”是从全国政协资料室查找出来的，该文系柯璜在 1962 年全国政协大会上的书面发言，其中全面论述了孔子是伟大的教育家、科学家等 16 大家的万世师表。二、华夏吐气集，内有柯璜在“九一八事变”、“一·二八事变”和抗日战争中发表的 4 篇文章，拳拳爱国之心尽写纸上。该文刊载于当时北方各大报刊和于右任主办的“抗日诗坛”上。三、“绿天斋”文存搜辑了柯璜在抗战前在报刊和纪念会发表的文章和为朋友出书写的序文共 31 篇。四、“绿天斋”诗歌有各种格律诗词 124 首。文存和诗歌一部分是由原山西大学、学生刘永德、翟品三等纪录柯璜在山西民众教育馆和山西道德会社的讲演稿，文字工整、多年保存、实在难得。特别是八旬高龄的山西省书法研究会秘书长、山西省著名书法家刘永德老先生在三伏酷暑天为文稿做了点校工作，令人十分感动。在搜辑过程中也遇到了不少困难，诗文横跨了半个世纪。其中动乱频繁，特别是日寇侵华，山西省大部图书遭焚毁，查找难度很大，幸烦众师友倾力相助，得以解决。善骏、岑梅兄嫂，善芳、永池姐夫和善信、仲华妹夫都给予很多指教和鼓励。原山西大学学生、解放后任中共华北局第一书记李老雪峰，中国科学院党组书记、副院长裴老丽生，国家教育部副部长刘老仰峤，中国对外文委书记任老映仑，山西省委秘书长、书记、史老记言在搜集柯璜资料的工作中，提供线索并给予热情关怀。在本书编辑过程中三晋文化研究会李玉明主任和著名书画家陈巨锁提出了许多宝贵意见，还为两本书写了序言。三晋出版社社长张继红先生、责任编辑董润泽先生为本书出版倾注了巨大心血。原省党史研究室负责人王乃德、世界有色金属杂志主编齐守智，还有刘定文先生为本书订正史料、修改文字及复印材料等做了大量工作，在此一并致谢！

柯善文、崔卫道

2013 年 5 月 20 日于北京柳荫居

图书在版编目（CIP）数据

柯璜诗文集／柯璜著. —太原：三晋出版社，2013.4

ISBN 978-7-5457-0728-1

Ⅰ. ①柯… Ⅱ. ①柯… Ⅲ. ①散文集—中国—当代②诗集—中国—当代 Ⅳ. ①I217.2

中国版本图书馆CIP数据核字（2013）第057894号

柯璜诗文集

著　　者：柯　璜
责任编辑：任俊芳
助理编辑：董润泽
责任印制：李佳音

出 版 者：山西出版传媒集团·三晋出版社（原山西古籍出版社）
地　　址：太原市建设南路21号
邮　　编：030012
电　　话：0351-4922268（发行中心）
　　　　　0351-4956036（综合办）
　　　　　0351-4922203（印制部）
E-mail：sj@sxpmg.com
网　　址：http://sjs.sxpmg.com

经 销 者：新华书店
承 印 者：山西嘉祥印刷包装有限公司

开　　本：787mm×1092mm　1/32
印　　张：10.125
字　　数：350千字
版　　次：2013年9月　第1版
印　　次：2013年9月　第1次印刷
书　　号：ISBN 978-7-5457-0728-1
定　　价：22.00元